Catalogage avant publication de Bibliothèque et Archives nationales du Québec et Bibliothèque et Archives Canada

Brochu, Yvon

   À nous deux!

   (Schlack! ; 1)
   Pour les jeunes de 10 ans et plus.

   ISBN 978-2-89591-231-6

   I. Bigras, Maxime, 1975- . II. Titre.

PS8553.R6A63 2014   jC843'.54   C2014-941459-5
PS9553.R6A63 2014

Correction-révision : Bla bla rédaction

Tous droits réservés
Dépôts légaux : 4ᵉ trimestre 2014
Bibliothèque nationale du Québec
Bibliothèque nationale du Canada
ISBN 978-2-89591-231-6

Les éditions FouLire reconnaissent l'aide financière du gouvernement du Canada par l'entremise du Fonds du livre du Canada pour leurs activités d'édition.

Elles remercient la Société de développement des entreprises culturelles du Québec (SODEC) pour son aide à l'édition et à la promotion.

Elles remercient également le Conseil des arts du Canada de l'aide accordée à leur programme de publication.

Gouvernement du Québec – Programme de crédit d'impôt pour l'édition de livres – gestion SODEC.

IMPRIMÉ AU CANADA/PRINTED IN CANADA

Yvon Brochu

À NOUS DEUX!

Illustrations:
Maxime Bigras

SCHLACK!

Chapitre 1

Un drôle de trio

D ans le vestiaire, je sue à grosses gouttes au bout du banc, et je ne suis pas le seul. À ce rythme, il y aura bientôt une bonne mare et, qui sait, peut-être même quelques canards… En tout cas, ce dont je suis sûr, c'est que l'entraînement de ce matin nous a complètement vidés de notre énergie. On y a tous laissé quelques plumes. Coin! Coin! Les joueurs des Couguars ont le bec à terre…

Monsieur Boulerice, que nous surnommons Bébite, a récemment suivi ses premiers cours d'instructeur. Voilà pourquoi il semble soudain s'être pris pour un *coach* de la LNH, comme s'il voulait nous prouver que nous n'avions plus affaire à la même personne que l'année dernière.

– Debout!… Couché!… Debout!…

Par moments, j'avais l'impression de me retrouver dans un chenil plutôt que sur une patinoire. J'en suis même venu à penser que monsieur Boulerice allait sortir des os au lieu des rondelles, les lancer et nous crier, chacun notre tour: «Va chercher! Va chercher!»

Après 20 minutes d'exercices techniques éreintants, il nous a fait faire une trentaine d'allers et retours consécutifs d'une bande à l'autre avec arrêts brusques. Bébite nous a aussi forcés à réaliser d'épuisants tours de patinoire à pleine vitesse, dans une direction, puis dans l'autre, en terminant le tout par des sauts au-dessus de chacune des lignes.

Jouer les kangourous, ce n'est pas mon fort... surtout qu'à mon dernier saut, mon patin s'est pris dans une craque de la glace et je me suis retrouvé sur le derrière. Dur pour les fesses... mais surtout pour l'ego!

Cet entraînement endiablé a duré plus de 50 minutes. Ouf! Et dire que, de toute la dernière saison, Bébite n'a jamais eu seulement l'apparence d'un vrai instructeur... Il était du genre bon papa, bon vivant, bon diplomate, bon... bref, *cool* sur toute la ligne, particulièrement lors des entraînements.

Mais à le voir souffler, suer et grimacer lui-même tout au long de nos exercices, je me suis dit qu'il allait vite abandonner ce style et que nous allions rapidement retrouver notre bon monsieur Boulerice. Du moins, c'est ce que j'espérais, moi, Charles-Olivier Couture-Laviolette.

Oui, c'est mon nom. Bien sûr, personne sur terre ne s'adresserait à moi de cette façon, sauf Sarah Couture, ma mère, lors de moments de pur bonheur comme ceux-ci :

– Charles-Olivier COUTURE-LAVIOLETTE !... Serre ta poche de hockey ailleurs que dans le vestibule ! Ça sent l'diable ! Pis veux-tu bien enlever cette casquette miteuse ! T'as l'air d'un vrai pouilleux, avec ça !

– Charles-Olivier COUTURE-LAVIOLETTE !... C'est quoi, ce 63 dans ton examen de mathématiques ?

– Charles-Olivier COUTURE-LAVIOLETTE !... On avait dit 10 heures ! PAS 11 !!!

Même dans son attitude quasi militaire de ce matin, notre instructeur n'arrive pas à la cheville de ma mère quand il s'agit de jouer les durs et de hausser le ton. En fait, Bébite est un bon diable, très émotif, dont la bonhomie est presque légendaire dans notre ligue. Lorsqu'il sort de ses gonds durant un match, il devient cramoisi et ressemble davantage à un bouffon qu'à un instructeur. Personne ne croit vraiment qu'il est fâché; pas plus ses joueurs que les arbitres, d'ailleurs!

Mais les colères de ma mère, elles, on y croit! C'est moi, Charles-Olivier Couture-Laviolette, qui le dis!

J'ose à peine m'imaginer Sarah Couture derrière le banc des Couguars. Je gagerais ma carte recrue de Mario Lemieux que m'a donnée mon grand-père qu'en moins d'un mois, plus aucun arbitre ne voudrait travailler lors de nos matchs. Et il n'y aurait plus aucun volontaire pour jouer dans notre équipe... à part moi, parce que je n'aurais pas le choix!

Et j'exagère à peine!

– Bon, les amis, écoutez-moi! J'ai deux choses importantes en *bébite* à vous dire.

Nous continuons de dégoutter en chœur. La voix nasillarde de notre instructeur poursuit:

– D'abord, je m'excuse pour le dur entraîne-ment de ce matin. Il y avait dans l'aréna un représentant des instructeurs de l'Association de la ligue pee-wee métropolitaine. Même si on ne fait pas partie de l'élite, ces personnes insistent sur la discipline et la réalisation d'activités précises pour le développement. Rien à voir avec mes propres théories. Bien sûr, on joue pour gagner. Mais, avant tout, je veux que vous vous amusiez...

Et c'est vraiment le cas avec monsieur Boulerice, je peux vous l'assurer. La preuve : nous sommes le seul club à avoir une mascotte vivante... et illégale : Gringo ! Il s'agit du chihuahua de la femme de Bébite. Celle-ci traîne notre mascotte en cachette dans un sac. Elle lui a tricoté une tuque et un chandail aux couleurs des Couguars.

– Ne vous en faites pas, continue notre instructeur, je ne crois pas que le spécialiste de l'Association reviendra cette année...

Ouf !

– Maintenant, comme convenu la semaine dernière, je vais vous révéler la formation des trios pour le début de la saison, nous lance Bébite.

Il va se poster devant le tableau blanc tout barbouillé de consignes qu'aucun de nous n'avait vraiment comprises avant d'aller sur la patinoire pour notre entraînement. Du chinois!

Ouf!... Les trios! J'ai de nouveau des sueurs; des sueurs froides, celles-là! Un moment capital, ces nominations! J'espère avoir deux bons coéquipiers pour m'appuyer encore cette année. Sinon, je vais devoir oublier mon objectif de terminer la saison parmi les trois meilleurs compteurs de la ligue.

D'accord, je ne vise pas à jouer pour les Canadiens ni à devoir m'imposer des entraînements du genre «tortures», comme tout à l'heure, mais je suis fou du hockey. Non, vraiment, il n'y a pas plus belle sensation au monde que de déjouer un gardien de but, seul, à deux ou à trois!

Dans le vestiaire, nous n'entendons que le bruit des gouttes de sueur qui explosent ici et là sur le plancher de ciment... POC! POC! POC!...

L'instant est crucial.

– Mais avant, enchaîne notre maître hockeyeur, en arborant tout à coup un grand sourire, j'ai une bonne nouvelle en *bébite* pour vous! Comme vous le savez, il nous manquait trois joueurs pour compléter l'équipe. Vous serez donc heureux d'apprendre que nous aurons enfin du renfort. Du renfort qui nous permettra d'offrir une solide compétition aux meilleures équipes. J'ai trouvé trois « 12 ans » ! Trois vedettes qui ont décidé de faire le saut dans notre ligue et qui ont tenu un dernier entraînement, un peu plus tôt ce matin, avec leur ancienne équipe.

Des vedettes ?... Quand Pépé Rey va savoir ça !

– Dès dimanche, lors de notre premier match présaison, on pourra les intégrer dans notre alignement.

Sur ces mots, sans laisser davantage planer le mystère, Bébite souffle deux petits coups dans son sifflet. Aussitôt, la porte s'ouvre et les trois vedettes font leur entrée : deux couettes, une queue de cheval et une toque...

« *Pépé Rey... tu es là ?*

« *Cinq sur cinq !... Bon entraînement ?*

« *Le ciel vient de me tomber sur la tête.*

«T'avais pas ton casque protecteur?

«Pas drôle!

«OK! À toi!

«Nouveau centre sur mon trio.

«…

«Tu écris rien?

«Je veux pas faire de mauvaise blague.

«… UNE FILLE!

«Ah…

«Une Chinoise!

«Ah…

«Tout ce que tu as à dire?

«Attention de ne pas mêler amour et sport!

«C'est pas le temps de rire!

«Message bien reçu.

«Elle a quitté sa ligue de filles.

«En Chine?

«Arrête de te moquer!

«Et toi?

«Moi, quoi?

«Tu quittes pour une ligue de filles… en Chine?

« Vraiment pas drôle, Pépé !

« OK, OK, je serai sérieux, promis !... Jolie ?

« Quoi ?

« Ton centre. Ta Chinoise : jolie ?

« Mon année… foutue !

« J'ai une bonne histoire à te raconter.

« Sur quoi ? Joueuse de hockey ?

« Tu seras pas déçu… Viens souper !

« Problème : maman !

« Pas de problème ! Je m'en occupe ! Tiguidou ! A+

« OK ! Bye !

Le dos appuyé au mur, dans le corridor de l'aréna, je range mon iPhone dans ma poche et m'enfonce la casquette sur la tête, avec la palette en arrière, comme toujours.

Reynald Couture est un grand-père peu ordinaire. En tout cas, je ne connais aucun de mes amis qui a un grand-père aussi original. Il a pris sa retraite quelques années avant que ma grand-mère décède d'un cancer. C'est à lui que je dois mon surnom de Charl-Ô. Très actif sur les médias sociaux, il a fini par imposer ce surnom à tout mon entourage ou presque, ainsi que sa graphie plutôt particulière, et cela, malgré les intempestives oppositions de ma mère.

– Il faut savoir se distinguer, mon Charl-Ô ! m'a-t-il expliqué le jour où je lui ai demandé pourquoi il écrivait mon prénom ainsi. Si on peut mettre un « Ô » devant le Canada par distinction pour chanter un hymne, on peut bien le mettre à la fin de ton prénom. Tu mérites ça, non ? Pour moi, tu mérites encore plus de distinction que le Canada...

Celui que j'appelle, avec beaucoup d'affection, Pépé Rey depuis ma tendre enfance a alors éclaté d'un grand rire. Pépé Rey, c'est un rigolo ! Mais il peut être très sérieux, aussi.

Je lui raconte tout. Ou à peu près. Avec Pépé Rey, contrairement à ce qui se passe avec mes parents, c'est facile de discuter. Même de sujets pas faciles... Un prof plate à mourir, un dur à cuire à l'école, les amis qui te déçoivent, les filles qui te regardent de haut – ou pas du tout, ce qui est encore pire! – et les notes sous la moyenne de la classe...

Quand j'étais petit, mon grand-père me racontait une histoire chaque fois que je le voyais. Aujourd'hui encore, on dirait qu'il a une histoire pour chacun de mes problèmes. Règle générale, cela m'aide à mieux me débrouiller par la suite dans des moments délicats. Il va même jusqu'à me parler de ses souvenirs de jeunesse, de ses premières blondes... Par contre, il ne me parle jamais de ses erreurs de jeunesse.

– Que veux-tu, Charl-Ô... J'ÉTAIS UN ANGE, à tous les égards!

– Ah bon...

– Et aujourd'hui, je suis en quelque sorte... ton ange gardien.

Et chaque jour, mon coquin d'ange gardien et moi, on prend plaisir à s'envoyer un ou deux textos, comme je viens de le faire après cet entraînement mémorable et la nomination des trios pour cette année.

Je saisis les courroies de ma poche de hockey pour la soulever et quitter l'aréna.

– C'est toi, ça, Charl-Ô, avec un O accent circonflexe?...

Je sursaute et hoche la tête. La première réplique qui me vient à l'esprit, c'est: «Ouais, je suis Charl-Ô, et toi, tu t'appelles... les Couettes, avec deux t?»

Mais je suis trop poli pour laisser paraître mon impatience. Et, à vrai dire, la douceur du brun noisette qui brille dans le regard de mon nouveau centre, dont les yeux en amande restent plissés comme si une lumière trop forte nous éclairait, n'est pas étrangère à cette retenue de ma part. Je dois avouer que je suis un peu surpris d'entendre un accent très québécois dans la bouche de cette jeune fille asiatique.

Aussitôt, pour éloigner mon regard du sien, je me concentre sur mon sac. Je me donne un élan à l'aide des larges poignées et je dépose ma poche en bandoulière sur mon épaule. BOUM!

En face de moi, ma nouvelle coéquipière vient de laisser tomber la sienne.

– T'es pas content que je sois ton centre?...

– Moi?...

Je feins l'étonnement. Mais pas longtemps!

– Oui, toi... CHARL-Ô AVEC UN O ACCENT CIRCONFLEXE!

Mes yeux tentent d'éviter son regard.

– Depuis que monsieur Boulerice m'a nommée sur ton trio, on dirait que tu *baboures*...

– Je *baboune* pas!

– Ah bon...

– T'es dans les patates!

Je me retourne et fais deux pas vers la sortie. Mon centre aux deux couettes noires comme du charbon m'interpelle de nouveau.

– On m'a dit que t'étais pas mal bon...

Je m'arrête et fais demi-tour.

– J'suis pas pire.

Une chaleur me chatouille soudain les joues. Je ressens un drôle de malaise. Qu'est-ce qui me prend?...

– T'es pas pire? me relance mon nouveau centre.

– Ouais...

– En tout cas, me lance les Couettes, qui hisse son sac sur son épaule et fonce vers moi, j'espère que t'es meilleur sur tes patins que pour jaser. Salut!

BANG!

Nos sacs en bandoulière se frappent au centre du corridor et on se retrouve bien coincés pendant quelques secondes entre les deux murs de ciment.

– Hé, Charl-Ô, si tu lâches ton sac, je vais pouvoir passer.

Je sens maintenant la chaleur se répandre d'un coup sur tout sur mon visage. Je dois être rouge comme une tomate!

– Euh... ouais! je fais, en laissant tomber ma poche par terre.

Mon centre reprend sa marche.

Je reste un moment sonné, sans bouger, sans même me retourner pour la regarder s'éloigner. Ma respiration reprend peu à peu son rythme normal jusqu'à ce que... mademoiselle les Couettes revienne sur ses pas.

– Dis-moi donc, l'aimes-tu tant que ça, Mario Lemieux, pour porter une horreur pareille sur ta tête?

Sans attendre de réponse, elle fait demi-tour.

Cette fois, je la suis des yeux jusqu'à ce que les deux couettes disparaissent derrière les grosses portes vitrées de l'entrée principale, tout au fond du couloir.

Ouf!...

J'enlève ma casquette des Pingouins de Pittsburgh, avec ses deux 6 brodés en fil doré, et je lui jette un coup d'œil, aussi admiratif que le jour où Pépé Rey me l'a donnée. Mario Lemieux a toujours été son joueur préféré! Je veux bien reconnaître qu'elle moutonne un peu et qu'elle a perdu de son lustre, mais de là à parler d'une horreur... ça prend bien une fille pour remarquer ça!

Quelques minutes plus tard, je quitte l'aréna, la palette pointée vers l'arrière, toujours fier de porter la casquette de Mario Lemieux. Depuis que Pépé m'a fait visionner un documentaire sur ce dernier, c'est mon idole. Il avait des mains de magicien et faisait trembler les cerbères de son époque.

En poussant les deux grandes portes, je me demande quel genre de saison je vais vivre... Je tente de m'encourager: «Au moins, avec Frédéric, j'ai un ailier gauche qui a du cœur au ventre... Puis, lui, il s'est pas moqué de ma casquette!»

J'en suis aux dernières miettes de mon deuxième morceau de tarte aux pommes à la mode. La spécialité de Pépé Rey! Les yeux rivés à mon assiette, mais les oreilles bien accrochées à ses mots, je l'écoute depuis un long moment.

– Charl-Ô, tiens-toi bien: cette fille que j'avais choisie par pure gentillesse, pour ne pas qu'elle soit la dernière repêchée devant tous les autres garçons, elle avait un talent fou et elle a compté sûrement une dizaine de buts!

Pépé Rey sourit. Puis, une longue toux le secoue.

Je reste plongé dans cet univers un peu lointain de Pépé, dans une cour d'école, un soir où il neige, avec des jeunes mordus de hockey qui ont dû déblayer la patinoire en patins, avec des pelles. Ils décident de se diviser en deux équipes. Mon grand-père, nommé capitaine, commence à sélectionner ses joueurs. Très vite, il réalise que la jeune fille qui les a aidés à dégager la patinoire et qui a donc été intégrée au groupe sera nommée bonne dernière. Il la sélectionne aussitôt.

– Bon, OK, Pépé, tu as pris cette fille pour lui éviter un affront. Ça, je comprends. Mais ce n'est pas avec ton histoire que je vais résoudre mon problème de centre. La jeune fille de ton aventure était ni plus ni moins qu'une vedette du hockey. Tu veux me faire comprendre que je dois donner sa chance à mademoiselle les Couettes... qu'elle va peut-être m'épater, comme la jeune fille de ton histoire? Me faire remporter le championnat des compteurs? C'est ça?

– Pas du tout! réplique mon grand-père.

– Tu veux me dire quoi, alors?

– Rien! Juste… disons… juste d'être gentil avec elle.

– Gentil?… Tu m'as raconté tout ça pour me dire d'être gentil avec elle?

Pépé Rey hausse les épaules en guise de réponse positive.

– Difficile d'être gentil quand une fille se moque de toi et de ta casquette la première fois qu'elle te croise! Tu ne trouves pas?

Pépé Rey soulève mon assiette.

– Oh là, assez de tarte! Tu vas exploser! Tu ne seras même plus capable de patiner aussi vite que mademoiselle les Couettes, comme tu dis…

Je comprends que je devrai moi-même me débrouiller avec son histoire de gentillesse. Il n'en dira pas plus. Tout est «tiguidou!», comme il dit toujours pour conclure nos conversations.

Mon grand-père m'entraîne avec lui. Nous rangeons tout dans le lave-vaisselle.

– Et puis, renchérit-il, j'ai promis à ta mère que tu serais chez toi à 20 heures tapant. Apparemment, tu aurais encore quelques leçons de mathématiques en retard?

Il élève la voix en prenant un ton typiquement «maternel» et il ajoute:

– Est-ce possible, Charles-Olivier COUTURE–LAVIOLETTE?...

– Pépé Rey! Tu es rendu du bord de maman?

– Pas du tout! Je serai toujours de ton côté, tu le sais bien. Mais... tu vois, Charl-Ô, Sarah sent parfois le besoin de jouer un peu à la police pour compenser l'absence de ton père. Je la connais bien, ma fille.

Avec un petit sourire narquois et un regard profond, il conclut:

– Elle aussi, il faut que tu sois gentil avec elle... pas juste avec les Couettes.

Avant de refermer la porte, sur le perron, Pépé Rey me surprend:

– Oublie pas, Charl-Ô: sois gentil avec ton centre...

– Oui, oui. Comme tu l'as été avec la jeune fille de ton histoire.

– Ouais... Au fait, elle s'appelait Cynthia.

– Cynthia?...

– Eh oui, c'était ta grand-mère.

Je me sens aussi embarrassé et idiot que lorsqu'un joueur réussit à me déjouer en glissant la rondelle entre mes patins.

Mon grand-père manie les mots comme Mario Lemieux manie le bâton!

Chapitre 2
Un trio solidaire

Depuis un moment, dans la boutique de sport, je fais tourner le bâton entre mes mains. Il me plaît bien. Il se manie facilement et la courbe de la palette est exactement comme je l'aime, très légère, contrairement à beaucoup de mes coéquipiers qui la préfèrent accentuée, genre *banana split*.

Devant l'immense rangée de bâtons de hockey, ma mère explose :

– Charles-Olivier COUTURE-LAVIOLETTE, es-tu fou?... 180 dollars !

Je ne suis pas fou, mais j'ai l'air fou, debout dans la rangée, alors que plein de têtes se tournent vers nous, dans le magasin bondé de clients en ce samedi matin. Plusieurs arguments me viennent à l'esprit, mais pas un traître mot ne veut sortir.

– Chérie, c'est le prix pour un hockey de grande qualité, aujourd'hui, intervient Marco, le nouveau *chum* de Sarah, qui remonte aussitôt dans mon estime. Tu sais, les temps ont changé.

– Mais pas mon salaire, rétorque tout de go ma mère. En tout cas, pas au même rythme !

Ah non, ils ne vont pas faire étalage de notre vie de famille devant tout le monde!

– Mais madame, c'est une économie que vous faites! lance une voix, derrière moi.

Pas vrai! Je tourne la tête. Je deviens aussi rigide qu'un bâton de hockey. Les Couettes!

– J'utilise la même marque, poursuit la jeune Asiatique.

«Mais de quoi elle se mêle, celle-là!» que je songe, frustré de la voir ainsi s'immiscer dans ma vie personnelle.

Sans que ni ma mère ni moi ne puissions prononcer un mot, mon centre s'empresse d'ajouter:

– Il ne se brise jamais. Les autres sont moins chers, mais je dois en acheter deux ou trois par année. Vous épargnerez de l'argent, je vous assure!

Elle se tourne vers moi et incline la tête légèrement, en me disant à l'oreille d'une voix coquine:

– Salut, Charl-Ô, avec un O accent circonflexe!

Mon centre s'éloigne, nous laissant, ma mère, son *chum* et moi-même, bouche bée. Il n'y a que ma petite sœur Chloé, sept ans, qui semble trouver cette intervention tout à fait anodine.

– As-tu vu, maman, comme elle a de petits yeux?

– On dit des yeux bridés, ma chouette.

Portant aussitôt son regard vers moi, Sarah demande:

– Tu la connais?

Difficile de dire non!

– Euh... ouais, elle... elle joue au centre de mon trio.

– Ah bon! laisse échapper ma mère, avec un sourire qui me rappelle ceux qu'elle arbore à tout bout de champ devant un film romantique.

Je devine le genre de pensées qui viennent subitement de frapper son imagination.

– Maman, c'est pas...

– OK! ON L'ACHÈTE!... m'interrompt-elle en m'enlevant le bâton des mains et en se dirigeant vers les caisses enregistreuses.

Difficile de dire non !

– Pas mal *cute*, ton nouveau centre, me confie Marco à l'oreille.

Il retrouve la même place qu'il occupait dans mon estime avant notre arrivée au magasin de sport... c'est-à-dire bien bas !

– Ah, ah ! Charl-Ô a les oreilles toutes rouges ! s'écrie ma petite sœur. Ah, ah ! Charl-Ô est amoureux de la fille aux yeux brodés !

– Chut, pas si fort !... Et puis, on ne dit pas des yeux «brodés», Chloé, mais «bridés» !

À côté de Frédéric, mon ailier gauche, je finis de lacer mes patins. Celui-ci en est à sa première année pee-wee. Durant les joutes simulées lors de nos derniers entraînements, j'ai pu constater que ce nouveau coéquipier n'a pas froid aux yeux. Il n'hésite pas à se jeter devant des rondelles frappées par nos défenseurs pour éviter un but.

D'habitude, je me débrouille bien. Mais à côté de lui, j'ai l'air d'un lâche : mon audace se limite à me raidir comme une statue devant l'ennemi et à me fermer les yeux.

— Fred, c'est bien beau, le courage, mais va falloir que tu fasses un peu attention à toi!

— Attention à moi?...

— Ouais! Tu as déjà deux bleus, que je lui fais remarquer, en pointant le haut de son bras droit, et la saison n'est pas encore commencée.

Il ne réagit pas du tout et se hâte d'enfiler son chandail. Pour contrer ce soudain malaise, j'ajoute:

— Moi, je deviens bleu juste à penser à me jeter devant un lancer frappé... Je ne sais pas comment tu fais!

— C'est... c'est comme ça, c'est tout.

Frédéric, c'est vraiment un super brave. Un vrai de vrai! Ni grand ni costaud, il semble pourtant toujours trouver le moyen de s'approprier la rondelle lors d'une mêlée dans un coin de la patinoire. Un batailleur! Un atout considérable pour un trio, sans compter qu'il est extrêmement rapide. «Un p'tit vite!» comme dit Pépé Rey.

– Wow !... fait une voix de fille que je reconnais immédiatement. Quel beau hockey tu as là, Charl-Ô !

Les yeux bruns de mademoiselle les Couettes semblent me narguer. Je n'ai pas remarqué l'entrée des trois filles. Elles se changent dans un autre vestiaire mais, comme à l'habitude, cinq minutes avant le début de la partie, elles viennent nous rejoindre pour le mot d'avant-match de monsieur Boulerice.

– De quoi bien souder l'esprit d'équipe avant de sauter sur la patinoire ! répète constamment notre cher Bébite.

Je regarde mon centre s'asseoir sur le banc, droit devant moi, son casque sur les genoux, fin prête pour embarquer sur la patinoire. «Charl-Ô... me lance une petite voix intérieure, sois beau joueur ! Sans son intervention, tu jouerais avec un bâton beaucoup plus moche !»

– Euh... oui, merci pour ton aide, hier, au magasin...

– Ça m'a fait plaisir ! Salut, Frédéric !

– Salut, Lina !

«Lina?» que je m'étonne, en prenant soudain conscience que je n'avais pas retenu le prénom des Couettes quand monsieur Boulerice l'avait mentionné. Frédéric, lui, semble bien la connaître. Il s'adresse à elle de manière très naturelle. Mon œil est attiré par ce «LI-NA» inscrit en lettres rouges sur le casque de mon centre. Tout à coup, Li-Na arbore un air embarrassé.

– Euh… Charl-Ô?

– Oui?

– Aurais-tu… euh… deux *jack-straps*?

Je reste l'air bête. Un peu décontenancé, je fais non de la tête, en me demandant à quoi peut bien songer Li-Na les Couettes en ce moment.

– Ça… marmonne-t-elle en pointant du doigt mon sac par terre, ce n'en est pas un?

Je me sens soudain aussi blême que l'ignoble objet que j'aperçois dans l'ouverture de mon sac et que j'ai oublié d'enfiler.

– Je pense que t'es mieux de le mettre, souligne mon centre, avec un léger sourire aux lèvres.

En sortant ma coquille, j'ai l'impression d'avoir les oreilles aussi rouges que des cerises et aussi grandes que celles du célèbre docteur Spock.

« Heureusement que Chloé n'est pas là ! » je songe, sachant fort bien que ma sœur prendrait un malin plaisir, pour une deuxième fois en deux jours, à hurler que je suis amoureux de cette fille aux yeux *brodés*... Je tente de me raisonner : « Du calme, Charl-Ô, du calme ! Tu n'es pas tout nu, quand même... »

– Bon, je crois qu'il est temps pour moi de vous laisser... entre hommes !

Li-Na lance cette réplique inoffensive avant d'aller rejoindre ses deux amies dans un autre coin du vestiaire. Quel soulagement ! Après l'avoir suivie du coin de l'œil, je n'entends ni rires ni chuchotements provenant de leur côté. Mon centre ne semble pas avoir profité de la situation pour se moquer de moi. Vraiment correcte, cette fille !

– Charl-Ô, qu'est-ce que tu fais ? me lance Arthur, notre gardien, assis à mes côtés.

Je réalise que je fixe toujours ma coquille, dans ma main, bien à la vue de toutes et de tous depuis un moment.

Jamais, jamais, jamais je n'ai enlevé et remis mon équipement de hockey aussi vite!

Notre première joute hors concours est bel et bien commencée. Notre trio en est à son troisième tour sur la patinoire.

Dès la mise au jeu, Li-Na lance la rondelle derrière l'ailier qui me fait face et je réussis à la récupérer du bout de la palette, près de la bande. Aussitôt, je pousse à fond et traverse la ligne bleue. Le défenseur se précipite vers moi. J'attends un moment et, juste avant qu'il me rejoigne, je tire vivement la rondelle le long de la bande, derrière le but adverse, vers mon ailier gauche. Comme je l'espérais, Frédéric la récupère dans le coin. Tandis que je m'amène vers le but, notre fougueux petit ailier gauche repère Li-Na, qui vient de freiner devant le filet et qui fait face au monstrueux numéro 4 de l'équipe ennemie. Frédéric décoche rapidement un lancer dans sa direction. Sur réception, et sans se préoccuper de l'assaut du défenseur, notre centre balaie la glace de sa palette et fait glisser la rondelle entre les patins du joueur, vers l'extrémité droite du filet.

Boum!

Li-Na les Couettes tombe durement sur les fesses, devant l'énorme défenseur des Tigres.

– YÉÉÉÉÉ!

Le disque pénètre dans le but sans même que le gardien puisse réagir, l'ayant complètement perdu de vue.

– YÉÉÉÉÉ!

C'est l'euphorie! Moi, Charles-Olivier Couture-Laviolette, je tombe des nues.

En deux bonds, Li-Na se relève et, l'instant d'après, nous nous tombons dans les bras.

– Oh, oh, oh!...

La voix de l'arbitre retentit haut et fort, derrière nous.

– On arrête ça!

Je me retourne et j'aperçois notre ailier gauche qui se chamaille avec l'énorme défenseur des Tigres.

– T'avais pas d'affaire à la bousculer comme ça, gros *tarla*!

– Hé, la puce! Tasse-toi!

– Lâchez-vous, vous deux! ordonne l'arbitre. Sinon, je vous...

D'un coup, j'empoigne Fred et le fais reculer jusqu'à la bande.

– Géniale, ta passe, Fred! lance Li-Na. Tope là!...

Nous venons de rétrécir l'écart à un point. Nous perdons 4 à 3. Il ne reste que quelques minutes à la partie.

Pas si mal pour une équipe dont deux trios à l'attaque et une paire de défenseurs ont été remaniés à la dernière minute avec l'arrivée des trois filles!

Nous filons vers notre banc. C'est la parade des coups de gant. Je ne peux m'empêcher de sourire en voyant monsieur Boulerice jubiler, les bras dans les airs. Avec ses yeux brillants et ses bajoues sautillantes, il me fait penser à un gros bébé joufflu devant son gâteau d'anniversaire.

Dans les estrades, juste derrière lui, un barbu aux allures douteuses tente de se défaire de l'emprise de deux hommes qui le forcent à sortir de l'aréna. Depuis le début du match, ce drôle de type faisait un vacarme terrible avec une crécelle et criait comme un perdu, juste derrière notre banc.

– Un vrai fou! je fais remarquer à Fred, alors que nous nous apprêtons à retourner vers le cercle de mise en jeu.

Mon ailier baisse la tête sans répondre. Je reste bouche bée.

– Puis, Mario Lemieux? me lance soudain mon centre, à mes côtés. J'ai passé le test avec succès?

Li-Na a déjà repris sa position, prête pour la mise au jeu.

Ouais, bon... euh... c'est vrai que, dans ma tête, ce premier match avait peut-être des allures de test. Mais attention, rien à voir avec le fait que c'est une fille... euh... ouais, bon, un petit peu, je dois l'admettre... Bref, après cette première partie, j'en conclus qu'elle joue très bien. Sans être super rapide, elle sent le jeu et semble toujours postée au bon endroit. Quant à ses deux amies, Élise la Queue de cheval et Charlotte la Toque, elles se débrouillent assez bien aussi, je dois le reconnaître. Je trouve que Li-Na joue mieux qu'elles, mais je n'ai entendu aucun de nos coéquipiers se plaindre de leur jeu.

– Réveille, O accent circonflexe!

Aïe! Aïe! Aïe!... La rondelle vient de passer à quelques pouces de ma palette sans que je réagisse. «Charl-Ô, concentre-toi!»

Je file aussitôt vers mon vis-à-vis, qui s'est emparé du disque sur le bord de la bande. Je n'oublie pas pour autant les Couettes et ce O accent circonflexe moqueur qu'elle m'a lancé. J'ai soudain envie de lui crier: «Hé! LI... TRAIT D'UNION... NA! Sois polie, si t'es pas jolie!»

N'ayant pu récupérer la rondelle, je décide de me replier vers notre zone et... BOUM! Je frappe mon propre défenseur, me retrouvant sur le derrière, un peu sonné.

– T'es aveugle ou quoi?... me lance Tommy, mon gros coéquipier, pas très heureux, les fesses sur la glace. Qu'est-ce qui te prend?...

L'instant d'après, je suis sur le banc.

Ai-je besoin de préciser que je suis pas mal humilié? En plus, je sens que monsieur Boulerice et compagnie font tout pour ne pas pouffer de rire.

Pire encore, alors qu'il ne reste que quelques secondes avant la fin du match et notre première défaite, une main se pose sur mon épaule et j'entends notre instructeur me souffler à l'oreille:

– T'en fais pas, Charl-Ô... Avec un nouveau centre comme Li-Na, c'est un peu normal, ce qui t'arrive!

Qu'est-ce que Bébite peut bien vouloir dire par «ce qui m'arrive»?

«Pépé Rey... pourquoi, avec les filles, tout est compliqué?

«Problèmes avec ton centre?

«Non... euh... oui.

«Elle patine sur la bottine?

«NON! Li-Na est pas mal bonne, même!

«Li-Na?

«Mon centre.

«La jolie Chinoise? Les Couettes?...

«Ouais...

«Tiguidou, alors!

«Non, pas tiguidou... c'est moi, le problème!

«Tu patines sur la bottine?

«GRRRRRRR...

«OK, finies les blagues. T'as eu une mauvaise performance?

«Ouais... toujours dans la lune... collision avec mon propre défenseur...

«Pas grave : c'est arrivé même à Mario Lemieux!

«Boulerice dit que c'est normal.

«Il a raison!

«Pourquoi?

«C'est pas pareil d'avoir une fille sur son trio!

«*Pourquoi?*...

«*Un mystère*...

«*Quoi faire?*

«*Rien*...

«*Rien?*

«*Laissez jouer le mystère.*

«*Peux-tu être plus clair?*...

«*Embrasse ton centre de ma part!*...

«*PÉPÉ REY!?*...

Pépé Rey a rompu la communication.

– Ça va? T'as l'air pas mal préoccupé.

– Non, non!...

Dans le corridor, je replace vite mon iPhone dans ma poche de hockey alors que Li-Na dépose la sienne.

– Pis?...

– Pis quoi?...

– On fait un bon trio avec Fred, non?

Je prends un temps pour bien respirer.

– Pas pire, oui.

– En tout cas, moi, je suis bien contente de jouer entre toi et Fred…

J'aimerais tellement ajouter que moi aussi, je suis heureux de jouer avec elle, qu'elle m'a épaté à tous points de vue. Mais rien ne sort. Rien du tout! Je suis bouché! Pire que le vieil évier de notre cave!

Tout ce que je trouve à faire, c'est d'empoigner ma poche et de me la mettre en bandoulière.

– Bon, eh bien… grogne mon centre, l'air un peu découragé, à la semaine prochaine!

En faisant tous deux un pas vers la sortie simultanément, nous nous rentrons dedans encore une fois, poche de hockey contre poche de hockey, incapables d'avancer, une épaule collée au mur et nos sacs au milieu. Bien coincés, nos regards se croisent un moment.

Puis, Li-Na pouffe de rire. À mon grand étonnement, je l'imite et ris de bon cœur! Éberlué, je m'entends dire, en faisant une courbette:

– Mes excuses! Après vous, chère Marie-Philip Poulin!

– Merci, Mario! murmure-t-elle, en s'élançant devant, la tête bien haute.

Et nous sortons de l'aréna en riant, comme si nous étions coéquipiers depuis des années.

Ce doit être ça, le mystère dont parlait Pépé Rey…

Ce soir-là, sur Internet, je découvre que Li-Na, en chinois, ça signifie «belle et gracieuse»…

Chapitre 3

Un trio explosif

Oui, c'est vrai que Li-Na est plutôt belle et gracieuse... Mais il n'y a qu'une passion entre nous, celle du hockey!

De toute façon, c'est bien connu, les filles de mon âge ne regardent que les garçons plus vieux. Par exemple, dans ma classe, elles lèvent le nez sur nous. Mais dès qu'un gars du secondaire se pointe près de l'école, elles sont toutes pâmées dessus... et elles se mettent à piailler comme des poules par groupe de deux ou trois.

Et nous, les 12 ans, on a beau être matures, musclés, intelligents, très *cool*, *in*, doués en ci ou en ça, c'est *kapout! Niet! Niet! Niet!* Et je n'exagère pas une miette!

Les filles de ma classe nous prennent vraiment pour des bébés... À voir la façon hautaine dont me regarde Élise la Queue de cheval depuis son arrivée dans l'équipe, je ne serais pas surpris qu'elle m'imagine même avec un biberon, celle-là...

Bon, peut-être que j'exagère un peu.

Je reviens sur terre et à notre saison régulière, qui est déjà presque terminée. Li-Na, Fred et moi, de match en match, on a beaucoup progressé. Notre cohésion est à son meilleur. On se devine sur la patinoire. Je dirais même qu'on forme un trio pas mal explosif.

On doit beaucoup de notre succès à monsieur Boulerice. Sans sa décision de maintenir intact notre trio malgré quelques matchs difficiles en début de saison, alors que notre jeu était un peu déficient, nous ne serions pas devenus la ligne d'attaque la plus productive de l'équipe. Et je n'occuperais pas non plus le deuxième rang des compteurs de la ligue après ce vingt-quatrième match que nous venons tout juste de remporter 3 à 2 sur les coriaces Pirates de Sainte-Marcelline.

Gringo y est allé de quelques «Wouf!» de félicitations dans les bras de madame Bébite. Et j'ai compté deux buts!

Avec Li-Na au centre, une vraie magicienne pour glisser les rondelles jusqu'à ma palette entre les patins des adversaires, compter devient un jeu d'enfant! Chaque fois que je fais scintiller la lumière rouge derrière le filet, je suis aux oiseaux: Li-Na se jette dans mes bras avec enthousiasme. Et j'ai toujours l'impression que, pendant ces moments-là, Li-Na oublie complètement mon âge !

– Vous savez quoi, les amis ?... lance Bébite tandis que nous reprenons notre souffle dans le vestiaire. Si on gagne le prochain match, on participe aux séries. De quoi faire taire bien des mauvaises langues !

Depuis l'arrivée des Couettes, de la Queue de cheval et de la Toque dans notre équipe, plusieurs se sont en effet moqués de nous et de notre instructeur.

La joie est à son comble.

Je me tourne pour dire à Fred combien j'ai encore une fois apprécié son travail dans les coins, mais je réalise que ce dernier nous a quittés très rapidement. Il est vraiment bizarre, ce Fred !

« *Pépé Rey... tu es là ?*

Le dos et le pied appuyés sur le mur du corridor dans l'aréna, je tente en vain de joindre mon grand-père pour la troisième fois.

Ma patience n'étant pas du même calibre que celle de notre instructeur, je m'apprête à fermer mon appareil. C'est à ce moment que j'aperçois les Couettes tout près de moi.

– À qui envoies-tu un texto comme ça, après chaque match ?...

– Euh... à Pépé Rey.

– Pépé Rey ?

– Ouais, Pépé Rey, mon grand-père.

– Ah bon...

– Je sais que ça fait pas mal bébé, Pépé Rey, mais c'est comme ça que je l'appelle depuis toujours.

– En tout cas, vous êtes des originaux, dans votre famille : Charl-Ô avec un O majuscule et un accent circonflexe, Pépé Rey pour le grand-père...

Je reste interdit un moment. Je ne sais pas trop s'il y a un brin d'ironie ou pas derrière cette dernière réplique. Je suis vite rassuré.

– Remarque, finalement, ce n'est pas pire que dans ma famille avec...Tantinette !

– Tantinette ?

– Ouais… une vieille tante. C'est même pire que ça: on l'appelle Tantinette Lucette!

Je souris.

– Elle a 82 ans, mais elle est drôle à mourir! Mes parents l'adorent et s'en occupent beaucoup.

J'écoute Li-Na, mais je me surprends à penser: «Ah, ces yeux brun noisette!» Elle enchaîne:

– C'est drôle comme on aime donner des surnoms aux personnes qui nous entourent.

Je hoche la tête, en songeant à mademoiselle les Couettes.

– Mais ton Papi Rey…

– Pépé Rey!

– Ah oui, Pépé Rey! Il ne vient jamais aux matchs, ton grand-père?

– Il aimerait bien. Mais il a des problèmes avec ses bronches. L'air de l'aréna, c'est très difficile pour lui. Alors je lui envoie toujours un texto après chaque match; ça lui fait très plaisir, je crois. Je l'aime beaucoup. Il est assez vieux, mais plus jeune que beaucoup de personnes moins âgées que lui…

– Oui, je comprends… Bon ! Excuse-moi, Charl-Ô, je dois y aller ! Quelqu'un m'attend.

Li-Na a sûrement, elle aussi, un gars du secondaire dans sa vie… et, qui sait, peut-être même dans le hall de l'aréna. Je balbutie soudain comme un bébé :

– Oui, pas… pas de… de problème. Bye !

– Bye !

Après un dernier essai sans succès pour joindre mon grand-père, je vais vers le hall d'entrée, où ma mère et ma sœur m'attendent.

Il faudrait bien que je me décide un jour à tenter de convaincre les Couettes que je suis… plus mature, plus musclé, plus intelligent et beaucoup plus *cool* et plus *in* que tous les gars du secondaire de la terre.

D'un pas très lent, je continue d'avancer dans le corridor en me disant : « Mais pour aujourd'hui, c'est *kaput ! Niet ! Niet ! Niet !* »

Ma poche de hockey me semble soudain peser une tonne.

Je suis dans ma chambre. L'image devient nette sur mon ordinateur.

– Salut, p'pa!

– Salut, mon gars!

Comme chaque fois, j'ai juste envie de pleurer quand je communique avec mon père par Skype, une des pires inventions, selon moi! J'ai beau le voir et lui parler en direct de Rio de Janeiro, au Brésil, cela ne fait qu'empirer ma peine à chaque séance. J'aimerais tellement qu'il soit là, à côté de moi, sur mon lit, et que nous discutions tranquillement de tout et de rien, SANS ÉCRAN, comme avant le divorce de mes parents...

Je lui précise que Chloé ne pourra pas lui parler ce soir, son cours de piano a été déplacé, mais elle se porte bien et est toujours aussi coquine.

– Toi, comment ça va, au hockey?

Quand j'étais petit, mon père faisait toujours une patinoire dans la cour. Nous y avons passé des heures et des heures à jouer jusqu'à l'épuisement, à rire comme des fous, surtout quand nous terminions ces moments dans un banc de neige en faisant des batailles incroyables.

– Bien!

Moment de silence.

Chaque fois qu'on se retrouve seul à seul, c'est pareil: on ne sait pas trop de quoi parler ni comment réagir avec cet écran entre nous, comme si nous étions en train de discuter à la télévision devant plein de monde. Je me sens incapable de lui raconter toutes les émotions que j'ai vécues depuis le début de la saison avec l'arrivée des Couettes dans ma vie.

On en reste toujours à des mots vides, à des sourires qui sont davantage empreints de malaise que de joie; pas facile de se parler à cœur ouvert, de si loin.

– Charl-Ô, il reste seulement trois semaines avant mes vacances. J'ai bien hâte de te revoir, fiston!

– Moi aussi, p'pa...

Ce sera de nouveau la fête, comme à chacun des passages de Patrice au Québec.

Mon père voyage à travers le monde à cause de son métier : il est ingénieur. Une fois par année, il passe de trois à quatre semaines ici. Cinéma, La Ronde, sorties sportives, bref, tous les jours que nous passons ensemble sont remplis mur à mur, ou presque. De quoi m'épuiser parce que je sens bien les efforts soutenus de mon père pour tenter de reprendre le temps perdu et se sentir moins coupable de vivre à l'étranger…

– Qu'est-ce que tu dirais d'aller faire du ski de printemps dans Charlevoix ?

– Ouais, ce serait l'*fun* !

Patrice renchérit sur cette belle escapade au Massif de Charlevoix avec moi seulement, puisqu'il a d'autres projets pour Chloé. Il me promet de louer un chalet. Je ne peux éviter de penser aux interventions habituelles de ma mère pour tenter de contrecarrer les projets de mon père. J'entends déjà l'écho de leur dispute : « Patrick Laviolette, tu ne vas pas lui faire perdre des journées d'école ? » Comme s'il lisait dans mes pensées, mon père ajoute :

– Ne t'inquiète pas. Compte sur moi ! On va y aller, mon gars !

Au bout de 10 minutes pendant lesquelles on s'informe mutuellement sur notre santé, la température, le travail et l'école, le temps est venu de se quitter… Je devrais plutôt dire de se déconnecter.

– On se reparle la semaine prochaine?

– OK.

Soudain, je me dis que mon père pourra peut-être assister à un de mes matchs de hockey si on réussit à se rendre jusqu'à la demi-finale, qui devrait avoir lieu dans environ trois semaines. Mais encore faut-il qu'on gagne notre prochain match pour les faire, ces séries! Et qu'on gagne les deux premières manches des séries éliminatoires!

– Embrasse Chloé pour moi.

– Oui.

– Salut, mon grand! Je t'aime.

– Moi aussi, p'pa.

– Bye!

– Bye!

L'image disparaît.

Au lieu de me jeter sur mon lit et de pleurer à chaudes larmes, je prends vite mon iPhone…

« Pépé Rey ?

« Cinq sur cinq !

« Je n'ai pas eu de réponse après le match. T'étais où ?

« À mon harem !

« Ah ! Encore ta chorale !

« Dans le mille, Charl-Ô… Puis, la partie ?

« Victoire 3-2 ! Si on gagne la prochaine partie, on fait les séries.

« Tiguidou !… Combien de buts ?

« Deux !

« Ti-Na, elle ?

« Li-Na, Pépé !

« OK, Charl-Ô !… Puis, Li-Na ?

« Deux passes !

« Sans elle, tu ne serais pas très fort !

« Très drôle.

« De mauvaise humeur ?

« Je viens de parler à Patrice.

« Oh, je comprends !... Je serai à la prochaine partie.

« Pas une bonne idée ! Tes bronches.

« Je tousse comme un vieux Ford des années 50, mais je pète le feu comme une Ferrari !

« Tu serais même pas capable d'en conduire une !

« J'en loue une et je t'embarque... Défi accepté ?

« Jamais !... Je tiens trop à ma vie !

« Peureux !... C'est quand, ta prochaine partie ?

« Samedi prochain, 15 heures, aréna Montgomery !

« Je serai là ! J'irai dans ma... Camry.

« OK... Bye !

« Bye !

Chapitre 4
Un trio brisé

Aujourd'hui, « ça passe ou ça casse ! », comme dit souvent ma mère.

La nuit dernière, je n'ai pas cessé de tourner dans mon lit. Pas moyen de dormir ! Je ne pensais qu'au match de cet après-midi. Impossible d'éliminer de mes pensées le numéro 27 des Rangers de Sainte-Cécile, un vrai *beef*, 100 % muscles, sans tête, avec un immense bâton dont il se sert comme d'un harpon... Bon, j'exagère encore un peu, mais disons que pour le contourner tout en protégeant la rondelle, je dois me transformer en Road Runner... Un cauchemar, ce gros joueur !

Et, parlant de cauchemar, j'en vis un bien pire en ce moment, alors que nous attendons le signal pour sortir du vestiaire et sauter sur la patinoire.

– Qu'est-ce que t'as, Charl-Ô ? lance Li-Na, alors que nous sommes tous les deux dans un coin, un peu retirés. T'es rouge comme une tomate ! Es-tu fâché parce qu'on va jouer avec Élise ?

« Oui !... Comme ardeur au travail, ton ancienne coéquipière, c'est pas fort, fort... en

64

tout cas, c'est pas Fred!» Voilà ce que je devrais lui répondre, si je ne voulais pas lui mentir. Je me tais.

Mais, en fait, je suis surtout en colère contre Fred. J'avoue à Li-Na:

– Je ne peux pas comprendre que Fred nous laisse tomber comme ça. Le match le plus important de l'année et monsieur est... MA-LA-DE!

Li-Na me regarde comme si je venais de lui dire qu'elle est la plus pourrie de tous les joueurs. J'en ai des frissons! Jamais je n'ai vu une expression aussi dure sur son visage, même pas lorsque je lui fais une blague de gars stupide, comme elle dit. Étonné, j'ajoute:

– Ben quoi, c'est vrai! Même si j'avais fait de la fièvre, je serais venu jouer. Toi aussi, d'ailleurs, non?

– Charl-Ô... ferme-la!

Je reste bouche bée.

Un arbitre entre dans le vestiaire et nous apprend que le match est retardé de quelques minutes parce qu'une baie vitrée doit être remplacée. Décidément, tout va mal, aujourd'hui!

J'observe Li-Na. Elle semble toujours aussi fâchée que tout à l'heure. Je réfléchis et me dis que j'ai peut-être été trop loin.

– Euh… je m'excuse pour ce que j'ai dit sur Fred. Je suis pas mal énervé. Et puis… pour tout t'avouer, tu as raison, ça ne m'enchante pas du tout d'avoir Élise sur notre trio.

Après un long moment, Li-Na quitte sa place et vient s'asseoir à côté de moi.

– Faut pas en vouloir à Fred…

Elle me parle tout bas. Je suis étonné par la gravité soudaine que je perçois dans sa voix. Je suis même un peu mal à l'aise.

– Ce matin, il a quitté la maison en ambulance, avec ses parents.

– Quoi?

– Son père a fait une rechute.

Devant mon désarroi, elle s'empresse de m'expliquer que Fred est un bon ami, il va à son école, il vit dans une maison voisine de la sienne. Son père est alcoolique. Pendant des années, il est demeuré sobre. Mais depuis plusieurs mois, il s'est remis à boire. La situation a empiré depuis quelques semaines. Parfois, il peut même devenir violent.

– Les bleus sur son corps, ce n'est pas seulement les rondelles.

Je fige sur le banc. J'ai l'estomac de travers. Je me sens soudain tellement ridicule.

– Puis…

Li-Na fait une pause. Elle me regarde droit dans les yeux. Elle semble m'évaluer et finit par me confier :

– Le monsieur bizarre dans les estrades…

Elle n'a pas besoin d'aller plus loin. Je saisis tout, cette fois.

Je reste là, sans voix, en me remémorant la scène : j'ai traité cet homme dans les estrades de fou, devant Fred. Et je comprends maintenant pourquoi Fred quitte le vestiaire comme un voleur depuis quelque temps : qui aimerait se faire voir avec un père ivre ?

La sirène se fait entendre. La baie vitrée est sûrement réparée.

– Fred n'a pas beaucoup d'amis, je pense. Je n'en vois pas souvent chez lui. À l'école, il est pas mal tout le temps seul dans son coin. Peut-être que tu pourrais venir avec moi le voir, un de ces jours ?... suggère Li-Na, debout, les yeux dans les miens.

Son regard est étrange, à la fois doux et insistant. De quoi me bouleverser.

– Euh... tu... tu crois vraiment que... que ça lui ferait plaisir ?

Li-Na hoche la tête.

– Hé, les deux *placoteux* ! lance monsieur Boulerice, avec un petit air moqueur. J'ai besoin de vous, moi ! Amenez-vous ! Faut gagner ce match-là !...

Quelques secondes plus tard, sorti de ma torpeur, je quitte le vestiaire en compagnie de mon centre, qui me lance un clin d'œil complice. Nous filons vers la patinoire, tous deux décidés à gagner cette partie pour notre ami Fred...

Trois petites questions me trottent tout de même dans la tête en mettant le patin sur la glace :

Vais-je être à mon meilleur après ce que je viens d'apprendre?

Vais-je être à mon meilleur avec Pépé Rey dans les estrades?

Vais-je être à mon meilleur... avec Élise la Queue de cheval comme ailier?

Pour être dans les patates... j'étais dans les patates!

Jamais personne n'a donné autant de fil à retordre au *beef* des Rangers que la Queue de cheval! Et cela, dès notre première présence sur la patinoire, alors que nous nous sommes retrouvés devant le filet adverse. Plaquages, petits coups de bâton dans les jarrets, *poussaillage* et *chamaillage* en règle entre mon nouvel ailier gauche et le géant 27... j'en suis resté pantois.

– Hé! La lune! m'a lancé Élise. On ne gagnera pas en jouant la statue de la Liberté devant le filet!

Je peux te dire que je me suis senti dans mes petits patins... et que j'ai volé au secours de notre défensive, qui devait faire face à un trois contre deux!

En fait, jusqu'à présent, la partie s'est déroulée à une allure endiablée. Nous en sommes à la troisième période.

Aucun point n'a encore été compté.

Il ne reste plus que... 5 minutes 45 secondes.

La tension est à son comble et mon étonnement, à son zénith. La Queue de cheval m'a complètement fait oublier Fred. Un vrai bulldozer, cette fille! D'habitude pas très rapide, on dirait que le fait d'avoir retrouvé Li-Na au centre, avec qui elle a joué toute l'année dernière, lui a donné des ailes. Aucun adversaire ne parvient à la stopper. Nous avons passé beaucoup de temps dans la zone adverse depuis le début du match. Élise frappe tout ce qui bouge devant le filet, y compris le *beef*... Et on m'oublie!

– Hé, la Casquette, vas-tu finir par marquer? me nargue Élise alors que je rentre au banc, complètement vidé et désespéré d'avoir manqué un filet désert quelques instants plus tôt. Ça fait trois occasions que tu rates!

En fait, elle a raison. Pépé Rey, dans les estrades, doit se poser la même question. Je ne sais pas ce que j'ai, mais je ne parviens pas à trouver le fond du filet. Je m'en veux!

Il ne reste que 2 minutes 44 secondes à jouer. Notre trio s'apprête à sauter sur la glace de nouveau. Sûrement notre dernière présence.

– VAS-Y, LI-NA!

Je me retourne vers les estrades, derrière nous.

– UN BUT!... T'ES CAPABLE!

J'identifie la personne qui crie ainsi après les Couettes. Horreur! Il s'agit d'un beau gars à la chevelure longue et blonde... Le fameux gars du secondaire! Le voilà en chair et en os!

Je me sens soudain frappé de tristesse, aussi puissamment que si j'avais reçu un solide coup d'épaule. Jamais Li-Na ne m'a glissé un mot sur son amoureux.

– CHARL-Ô! hurle monsieur Boulerice.

Je sors de ma torpeur et saute sur la glace pour rejoindre les Couettes et la Queue de cheval, déjà à la poursuite du disque.

De l'autre côté de la patinoire, Élise vient de récupérer une rondelle derrière Li-Na, en pleine bataille avec un adversaire contre la bande.

Paf!... D'un coup sec et puissant, Élise me fait une passe, droit sur ma palette. Je m'élance à pleine vitesse, traverse la ligne rouge, puis la bleue, et dévie vers ma droite pour éviter le *beef*. Mû par je ne sais quel étrange sentiment qui m'a envahi depuis que j'ai sauté sur la patinoire... SCHLACK!... je décoche un tir frappé alors que je n'ai aucun angle pour compter.

J'ai mis tellement de force dans mon tir que je me retrouve sur le derrière, fonçant droit sur la bande du fond, près du filet. Imbécile!

Dans ma glissade, juste avant d'entrer durement dans la bande, j'ai l'impression d'apercevoir une petite lumière rouge qui scintille derrière la baie vitrée.

Tout explose autour de moi dans un vacarme incroyable. Je suis aussitôt enseveli sous les Couettes, la Queue de cheval, alouette! Les coups de casque et de gant pleuvent sur moi alors que je me demande encore comment cette rondelle a pu pénétrer dans le filet.

Quelques instants plus tard, euphoriques, nous quittons la patinoire sous les applaudissements et les cris de joie des spectateurs… et les «Wouf!» de notre Gringo, que madame Bébite s'est fièrement empressée de brandir au-dessus de nos têtes.

J'ai finalement appris que le gardien a bloqué mon tir avec son épaule gauche, mais que, pour son plus grand malheur, la rondelle est retombée juste derrière lui. En se retournant, il lui a fait traverser la ligne rouge d'un coup de patin involontaire.

Je suis le héros.

À peine assis à ma place, j'ai droit à des félicitations nourries.

– Wow! Quel tir!

– Je te dis que le gardien va avoir tout un bleu…

J'ai aussitôt une pensée pour Fred. Un malaise, également.

– C'est Fred qui va être content d'apprendre ça! me dit Li-Na, rassurante, le visage ruisselant mais souriant.

«C'est mon père, aussi!...» que je songe. Il y a encore une chance qu'il assiste à un de mes matchs si on se rend en demi-finale.

Soudain, un coup de poing asséné sur mon épaulette me fait me raidir sur le banc.

– Bravo, la Casquette! me lance Élise, avec un petit sourire en coin. Mais il était temps que t'en mettes un dedans!

Je sens qu'il n'y aura jamais d'atomes crochus entre la Queue de cheval et la Casquette en dehors de la patinoire! Les trois filles quittent le vestiaire.

Je devrais sauter au plafond. Pour le moment, cependant, le héros de la partie ne lévite pas très fort.

En fait, je sais fort bien que le vrai héros n'est nul autre que ce beau gars du secondaire que je ne parviens pas à éliminer de mes pensées. Sans cette colère qu'il a suscitée chez moi, jamais je n'aurais pris le risque de tirer d'un angle aussi impossible et de lancer aussi follement… Je tente de me raisonner : «Charl-Ô, Charl-Ô, Charl-Ô, oublie ce blondinet et profite de ce moment extraordinaire… Sois honnête : tu t'attendais à vivre une pareille rencontre, un jour. Ne joue pas à l'autruche ! Et puis, rappelle-toi tes propres paroles : *il n'y a qu'une passion entre nous, celle du hockey !...*»

Sous la douche, aidé par cette eau chaude et bienfaisante qui me tombe dessus, je réussis à diriger mes pensées vers ma famille : «Pépé, Sarah et Chloé doivent être contents !»

Quinze minutes plus tard, ayant retrouvé mon enthousiasme, je les rejoins tous dans le hall d'entrée.

– Tu m'as épaté, mon gars ! s'emballe Pépé Rey. Même Mario Lemieux n'avait pas un lancer frappé aussi puissant que le tien, Charl-Ô !

– On aurait dit que tu avais mangé de la vache enragée, fait remarquer l'imprévisible Marco, l'ami de ma mère, qui encaisse le terrible regard de Sarah.

Mon grand-père, ma mère, son ami et ma petite sœur ont beau y aller des plus éloquents et rigolos commentaires, je ne parviens pas à apprécier comme il se doit toutes ces félicitations bien senties. Tout ce temps, mon regard reste accroché à un groupe de quatre personnes debout près du restaurant.

«Oh, oh… elle vient vers nous!»

Je m'énerve. «Avec lui, en plus!»

– Charl-Ô?...

Je tourne la tête, feignant la surprise.

– Oui?...

– Je voudrais te présenter mes parents.

Les membres des deux familles font connaissance, se donnent la main et se félicitent d'avoir un duo de joueurs aussi talentueux que Li-Na et moi. J'angoisse.

«Oui, mais lui, qui se tient à l'écart, c'est qui?»

Je me mords la lèvre inférieure, comme je le fais dans des moments de grand stress. Enfin, Li-Na fait avancer le beau blond de quelques pas et nous le présente.

– Et voici mon Maxime…

«MON… Maxime!»

Je me sens l'âme d'un gros chien de garde : je mordrais dans un os si je le pouvais pour étouffer cette colère intérieure !

– Mon grand frère ! ajoute-t-elle, toute fière.

Avec un air de chien battu, j'ouvre grand les yeux.

– Je devrais plutôt dire mon « petit » frère, précise-t-elle. Mais à cause de sa grandeur, tout le monde le croit plus vieux que moi.

Tout d'un coup, je ne ressens que de bons sentiments à l'égard de ce garçon. Je lui serre la main.

– Salut !

– Salut, champion !

J'aime déjà beaucoup le frère de Li-Na…

Chapitre 5
Un trio malmené

Quelques minutes plus tard, à la suggestion de ma mère, nous nous retrouvons tous attablés au café La Tulipe, situé près de l'aréna, pour fêter l'événement.

Dans la bonne humeur, les deux familles font plus ample connaissance. Pépé Rey anime les discussions avec sa verve habituelle.

– Eh bien, mon Charl-Ô, avoir deux filles sur ton trio, ça t'a motivé : quel lancer du tonnerre !

Une quinte de toux l'assaille. Ma mère reprend aussitôt la discussion pour lui laisser le temps de récupérer.

Assise à mes côtés, les lèvres blanchies par la crème de son chocolat chaud, une certaine inquiétude sur le visage, Chloé se penche vers moi.

– Charl-Ô…

– Oui ?

– Pourquoi les parents de Li-Na et son frère n'ont pas les yeux *brodés* comme elle ?

– Je vais tout t'expliquer à la maison, promis, je lui chuchote. Mais pas ici ! Ce serait trop long. D'accord ?

– D'accord! Je peux avoir un morceau de ta brioche?... Le côté avec plein de caramel dessus?

J'adore ma petite sœur. Je lui donne toute ma brioche.

– C'est ton amoureuse, Li-Na?

– Bon, écoute, Chloé...

– Tu la regardes tout le temps.

– Mange ta brioche, OK?

– Tu es toujours tout rouge quand elle est là...

J'adore ma petite sœur... sauf quand elle a la tête dure comme en ce moment.

Je suis dans l'automobile de Pépé Rey. Il a insisté pour venir me reconduire à la maison.

– Très confortable, ta... Ferrari!

– Merci, Charl-Ô! Mais attends que je m'achète une Lamborghini...

– En tout cas, pour le moment, tout ce que ta Camry a en commun avec les deux autres, c'est qu'elle rime en i...

– Oh, oh! Petit rigolo! Ne te moque pas trop, mon Charl-Ô accent circonflexe...

– Ah non, tu ne vas pas te mettre à m'appeler comme ça toi aussi?

–Alors, arrête de te moquer de ma vieille Camry!

– OK! Promis!

Nos regards se croisent. Nous pouffons de rire.

Les rues défilent lentement. Puis, un long silence, inhabituel, s'installe entre nous.

De mon côté, je ne parviens pas à communiquer à mon grand-père ce qui me trotte dans la tête. En fait, je voudrais lui glisser un mot sur ce qui m'arrive. Je me sens un peu bizarre. Je n'ai plus vraiment le goût de sortir avec mes amis; j'ai de la difficulté à me concentrer quand je fais mes devoirs; j'ai presque perdu tout intérêt pour mes jeux vidéo... bref, je me sens souvent comme un zombie qui se promène sans trop savoir où il va ni ce qu'il veut faire. Un peu comme si Mario Lemieux passait devant le filet en tricotant brillamment sous le regard du gardien, sans jamais penser à lancer.

Je dois reconnaître que je suis dans cet état depuis l'arrivée de mon joueur de centre, avec ses couettes...

D'ailleurs, au café, un peu plus tôt, j'ai appris plein de choses sur Li-Na. Je sais maintenant qu'elle est née dans la province du Sichuan, au centre de la Chine. Lucie et Guillaume, ses parents adoptifs, nous ont raconté le voyage très émouvant qui leur a permis de la ramener au Québec alors qu'elle était encore bébé. Jusque-là, elle vivait dans un orphelinat, dans un petit village dont je n'ai pas très bien saisi le nom tellement il était compliqué. Sa mère nous a révélé que seulement deux mois après l'arrivée de Li-Na, elle est tombée enceinte, alors que Guillaume et elle tentaient en vain d'avoir un enfant depuis des années.

J'étais tout ouïe et trouvais ma propre histoire bien plate, contrairement à celle des Couettes !

– Charl-Ô, qu'est-ce que tu as à me demander ? marmonne Pépé Rey, en gardant les yeux rivés sur la route.

– Moi ?... Rien.

– Tu ne dis pas un mot depuis tantôt. Je te connais trop bien. Une question te brûle les lèvres et tu n'oses pas la poser. Et ça n'a rien à voir avec les Ferrari, les Lamborghini ou les Camry.

Un vrai devin, mon grand-père. Après une longue hésitation, je finis par me décider et je plonge. Les mots ne sont pas faciles à trouver pour parler d'un sujet aussi embarrassant.

– Euh... quand on a seulement 12 ans...

– Oui?

– Euh... on ne peut pas être... euh...

– Être quoi, Charl-Ô?

– Ben... en... en...

– En amour? Avec Li-Na?

Je suis presque fâché que mon grand-père lise ainsi dans mes pensées.

– Euh... oui, c'est... c'est ça.

Je me sens ridicule d'avoir posé pareille question. Du coin de l'œil, je surveille la réaction de Pépé Rey. Rien. Même pas un sourcil qui remue.

– Charl-Ô, à 68 ans, penses-tu que je peux être amoureux?

– De Li-Na?

Je suis fier de ma répartie. Mon grand-père aussi, je crois, car il sourit.

– Sérieusement, Charl-Ô, tu penses qu'à mon âge avancé, je peux être amoureux?

– Euh… oui.

– Tu viens de répondre à ta question, dit-il.

Bon! Encore une autre de ses énigmes comme réponse! Je lui lance un regard sévère, en songeant: «Ça doit vouloir dire qu'il n'y a pas d'âge en amour ou quelque chose du genre…»

Il éclate de rire.

Je lui fais une grimace. Il m'en fait une à son tour. Comme grand-père, il n'y a pas plus déroutant que Pépé Rey! Mais pas plus réconfortant non plus!

Quelques minutes plus tard, l'automobile s'immobilise devant la maison.

– Ah! Charl-Ô, j'allais oublier…

Pépé Rey se tourne vers moi.

– Je voulais te dire de ne pas t'en faire si je ne texte pas pour un ou deux jours...

– Tu es en amour?

– Ah, ça, j'aimerais bien! répond mon grand-père en esquissant un sourire, qui s'efface aussitôt. Mais c'est pour une autre raison.

J'apprends alors qu'il doit subir une opération.

– Encore mes problèmes de poumons.

Je comprends maintenant son insistance pour venir me reconduire. Je suis inquiet.

– Rien de grave! enchaîne-t-il. Sarah est au courant, mais je voulais te le dire moi-même.

Pépé Rey comprend mon désarroi et prend le temps de me préciser qu'il s'agit de peccadilles.

– Ne t'en fais pas, mon gars, conclut-il, je serai de retour la semaine prochaine pour acheter ma Lamborghini.

Moi aussi, je connais bien mon grand-père. Ce ton qu'il s'efforce de rendre léger ne me trompe pas. Je saisis qu'il est un peu angoissé. Et puis, je remarque que sa main tremble légèrement sur le volant.

– Je vais aller te voir à l'hôpital.

– Non, non, pas question! Je préfère que tu me voies debout, dans ma cuisine, les mains dans la farine, plutôt qu'en train de marcher dans un corridor d'hôpital, dans une jaquette, les fesses à l'air, accroché à un poteau roulant, avec plein de tubes et de fils. Tu m'as bien compris, hein?

Je prends un air soumis, mais je songe, en le saluant: «Pas question! J'irai te voir!»

J'adore mon grand-père même si, parfois, il a la tête aussi dure que ma petite sœur… Ça doit être de famille!

«Pépé Rey?

«Oui, le grand 66?

«J'ai oublié de t'en parler cet après-midi…

«Quoi donc?

«Affaire compliquée!

«Veux-tu m'appeler?

«Non… Je préfère par texto.

« OK!

« Le père de mon ailier gauche est alcoolique.
Même un peu violent.

« Oh!...

« Je veux l'aider.

« Bonne idée, Charl-Ô!

« Oui, mais... comment? Quoi faire? Quoi dire?

« Je réfléchis un peu...

Chapitre 6

Un trio retrouvé

Deux jours ont passé depuis notre fameuse victoire.

Li-Na m'appelle pour me donner des nouvelles de Fred. Elle m'apprend que le père de celui-ci est en cure de désintoxication à l'extérieur, à la suite d'une rechute. Pour sa part, notre ami Fred est assez affecté. Il s'occupe de sa mère à la maison. Celle-ci a été légèrement blessée, le samedi matin, quand Li-Na a aperçu l'ambulance. Elle me précise que sa propre mère, qui est infirmière, connaît bien celle de Fred et lui apporte son aide. Les deux femmes se sont rencontrées lors d'un séjour de la mère de Fred à l'hôpital et se côtoient régulièrement depuis.

– La situation semble sous contrôle, conclut-elle. Fred est au courant que je t'ai tout raconté.

Je reste un peu pantois.

– Et… et puis ?

Mon étonnement ne s'arrête pas là.

– En fait, Fred et moi, on est présentement au petit restaurant de la salle de quilles Desbiens, tout près de chez moi. Tu connais ?

– Oui.

– On t'attend!

J'ai l'impression de recevoir une rondelle en pleine poitrine. Je reprends mon souffle et demande :

– Là ? Comme ça ?...

Li-Na garde le silence un instant.

– J'ai besoin de ton aide. Écoute, Charl-Ô... à cause de la maladie de son père, Fred ne semble plus avoir envie de rien... Il n'est même pas sûr de vouloir continuer à jouer au hockey. Tu viens ?

– J'arrive !

Voilà comment se conclut notre entretien.

J'ai fait preuve d'une belle assurance en prononçant « J'arrive ! », mais j'avoue que là, en ce moment, devant la porte du restaurant, je me sens les jambes molles comme de la guenille.

Je pousse la porte et réussis tout de même à me rendre jusqu'au petit comptoir où je viens d'apercevoir mes amis. Ils m'attendent en sirotant chacun un jus. Un moment, je confonds les battements de mon cœur avec le bruit des boules de quilles tombant sur les allées de bois franc. Nous sommes en fin d'après-midi, un lundi. Il y a seulement une dizaine de joueurs.

– Salut, Charl-Ô! lance Li-Na, qui se retourne vers moi.

Je la fixe un instant. Quelle surprise : Li-Na les Couettes n'a plus de couettes !

« Hé ! Tu n'es pas venu pour les cheveux de Li-Na ! » je me dis, en m'empressant de poser mon regard sur Fred, que je salue en lui serrant la main.

– Charl-Ô, demande notre centre, tu veux un jus de fruits ?

J'acquiesce et m'assois avec eux, en fixant la fontaine droit devant moi. Il y a de la gêne dans l'air...

Le serveur glisse mon verre sur le comptoir. Je le remercie et bois une première gorgée à la paille.

FFFLLLLIPPP!... FFFLLLLIPPP!... FFFLLLLIPPP!

On n'entend que trois bruits de succion. Chacun boit son jus, sans parler. Fred est

94

le premier à casser la glace... ou plutôt, les bruits de succion!

– Bravo pour ton but, Charl-Ô! Li-Na m'a raconté.

– Euh... merci. Un coup de chance!

– Un coup du tonnerre, tu veux dire, réplique notre centre. T'aurais dû voir ça, Fred!

– J'aurais bien aimé...

Le visage de Li-Na se crispe. De nouveau, le malaise.

FFFLLLLIPPP!

Le malaise grossit.

Je me remémore le dernier texto de Pépé Rey. Je prends alors mon verre et mon courage à deux mains, et je lance d'une voix bredouillante, mais d'un seul trait:

– Fred, je suis désolé pour ton père, je m'excuse aussi pour mes allusions un peu stupides à tes bleus dans le vestiaire et euh... je ne sais pas trop quoi te dire d'autre... sauf que... j'aimerais être ton ami... comme Li-Na... et il faut que tu reviennes! Et puis... je suis *pogné* pas juste avec UNE... mais DEUX FILLES sur mon trio!

J'avale ma salive et... FFFLLLLIPPP!

Mes yeux rencontrent ceux de Li-Na les Couettes sans couettes: je pense que je l'ai un peu surprise.

FFFLLLLIPPP!

Un éclat de rire me fait relever la tête. Incroyable! Je crois que c'est la première fois que je vois Fred rire. J'aimerais bien dire à Li-Na: «Tu vois, des mauvaises blagues de gars, ça peut parfois être bien utile!»

Finalement, Pépé Rey avait peut-être raison, avec son dernier texto...

«Bon... mon conseil pour ton ami avec un père alcoolique...

«Oui...

«Reste toi-même! Exprime tes vrais sentiments!

«Facile à dire, mais pas à faire...

«Ne le traite pas en victime, surtout.

«Je lui offre mon aide ou pas?

«À toi de voir! Laisse surtout parler ton cœur.

«Ouais...

Nous avons finalement convaincu notre ami de jouer aux quilles avec nous. Deux parties. Mes huit dalots et mon pointage total en bas de 90 chaque fois ont semblé beaucoup amuser mes deux coéquipiers de trio.

C'est Pépé Rey qui serait fier de moi. Son texto se terminait ainsi...

«Surtout, essaie de le faire rire!

«Faire rire?

«Ouais... T'en es capable. Tu as un talent très naturel de ce côté!

«Ha, ha, ha!

«Tu vois! Bye!

«Hé, oh! Pépé Rey?...

Je crois avoir été à la hauteur de mon talent naturel...

Ni Fred ni Li-Na ne se sont doutés un seul instant que je jouais la comédie. La moyenne de mes parties de quilles oscille habituellement entre 140 et 160, juré sur la tête de Mario Lemieux!

Et, encore une fois, Pépé Rey a été à la hauteur de ma grande admiration pour lui!

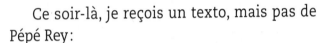

Ce soir-là, je reçois un texto, mais pas de Pépé Rey:

«Chapeau, Charl-Ô, pour tes dalots! J'en ai jamais vu d'aussi beaux!

«Merci...

«Et Fred n'a pas compris une seconde que tu le faisais exprès...

«Euh...

«Fred vient de m'appeler: il sera à notre entraînement demain.

«Très content!

«Et moi donc!... Bisou!

«Bisou?!...

Je suis près de m'évanouir en voyant ce mot apparaître à mon écran.

Je suis fou de joie et, en même temps, un peu paniqué : qu'est-ce qu'on répond à pareil mot ?

Je pense à Pépé Rey et me demande ce qu'il répondrait à ma place.

Une bonne idée me vient aussitôt.

Je tape :

« Bisou... à mon Pépé Rey ?

« P'tit comique ! Bye !

« Bye !

Cette nuit-là, le p'tit comique s'endort avec plein de questions qui lui tournent dans la tête...

Chapitre 7

Un trio tenace

Dans le vestiaire, je suis assis en face de Li-Na et de ses deux amies, Élise et Charlotte, qui sont venues nous rejoindre. Depuis 10 minutes, nous attendons de sauter sur la patinoire pour l'entraînement.

Dix très longues minutes !

Nous n'avons pas encore échangé un seul mot, Li-Na et moi. Que des regards furtifs, et même inquiets, dans le cas des Couettes, du moins il me semble. Est-ce le mot *bisou* qui a créé un malaise entre nous ? *Bisou*... quel mot stupide, d'ailleurs !

Je ne sais pas trop quoi dire ; surtout que la Queue de cheval et la Toque sont aux côtés de Li-Na. En fait, je me sens aussi piteux que lorsque je suis assis au banc des pénalités.

J'ai un peu honte de m'apitoyer ainsi sur mon sort : Pépé Rey est peut-être en train de se faire opérer. J'ai très mal dormi, cette nuit. Je le voyais constamment dans mes pensées... et malade.

Li-Na se penche soudain vers moi, laissant ses deux coéquipières à leur discussion enflammée.

– Fred n'est pas arrivé...

Instinctivement, je jette un regard dans la pièce. Je suis ahuri de ne pas avoir remarqué son absence, trop concentré que j'étais sur le silence de Li-Na et sur cette stupide histoire de bisou... Comment ai-je pu l'oublier? Li-Na, elle, n'a pas manqué de noter son absence dès son entrée dans le vestiaire. Et moi qui me pense son ami!

Je me sens encore plus piteux.

– J'espère que... ajoute Li-Na, dont la voix est brusquement enterrée par un puissant coup de sifflet.

Ah, monsieur Boulerice et sa manie de nous siffler dans les oreilles!

– Les amis, c'est parti!

Notre instructeur semble prendre un malin plaisir à nous faire sursauter sur le banc. Aujourd'hui, je ne me sens pourtant pas d'humeur à me laisser triturer ainsi les tympans. Mais je tempère vite mes ardeurs quand monsieur Boulerice ajoute:

– Ah oui, j'allais oublier: Li-Na et Charl-Ô, vous serez sûrement contents d'apprendre que

Fred sera là dans quelques minutes... Il a un petit retard.

Le regard de Li-Na les Couettes croise le mien. Une étincelle de satisfaction brille dans ses yeux. Et sûrement dans les miens, aussi...

C'est ce moment que choisit Élise la Queue de cheval, déjà debout, prête à quitter la pièce, pour lancer haut et fort:

– Tant mieux! Je suis contente que Fred revienne! Moi, jouer avec un héros, ça me gêne... surtout quand il se prend pour Mario Lemieux!

– Et surtout quand il nous fait avancer dans la série en comptant un but que le gardien adverse a lui-même poussé dans son filet avec son patin! renchérit Charlotte la Toque, à ses côtés.

Les sarcasmes et les rires fusent de partout. Bon joueur, j'entre dans la valse des blagues. C'est le brouhaha total tandis que notre équipe s'engouffre dans le corridor.

Quelques tours de patinoire plus tard, monsieur Boulerice nous réunit tous près du filet.

– Encore son fameux *speech*! me souffle Li-Na, alors qu'on place un genou sur la glace.

Je renchéris:

– Quand il était jeune, il devait rêver de devenir prof.

– Ah, ça oui! Les discours, les gribouillis au tableau…, s'amuse Li-Na. Il a manqué sa carrière.

– Le pire, c'est que j'aurais bien aimé avoir Bébite cette année: il aurait été 10 fois moins stressant que mon prof. Un vrai monstre…

– Qui me traite de monstre? interroge monsieur Boulerice, en jetant un œil dans ma direction.

Je deviens rouge comme le poteau derrière Bébite.

– Quelle est votre stratégie pour le prochain match, *coach*? lance tout de go Li-Na, venant gentiment à mon secours.

Les yeux de notre instructeur perdent aussitôt toute lueur de suspicion et retrouvent leur belle flamme de pédagogue qui le rend si sympathique.

– Mes amis, j'ai rarement senti souffler un aussi gros vent d'optimisme dans notre équipe. Et ce vent nous portera loin en *bébite* dans les séries, je vous le prédis! Si on donne notre 110 % pendant les entraînements, bien entendu. Je compte donc sur vous pour y aller à fond de train, ce matin.

L'instant suivant, les montées vers le filet se succèdent à un rythme fou. Mais moi, je n'ai jamais eu l'air aussi fou: passe échappée, lancer à un mètre du filet, passe derrière mon centre. Je souffle comme une vieille locomotive à charbon... bref, je suis pitoyable, les mains pleines de pouces et la tête remplie d'idées noires. J'ai peur pour Pépé Rey. S'il fallait qu'il soit vraiment très malade, je ne sais pas ce que je ferais sans lui...

– Voyons, la Casquette, me lance la Queue de cheval, entourée de plein de coéquipiers, alors que je me dirige vers le banc, sais-tu qu'on joue au hockey, pas au cricket?! Pas nécessaire d'avoir toujours les baguettes en l'air...

Je ne me sens pas d'attaque pour une prise de bec avec Élise. Je continue mon chemin sans répliquer. J'ai besoin d'une pause. Je m'appuie sur le rebord de la bande et tente de reprendre mon souffle.

– T'as pas l'air dans ton assiette! me fait remarquer Li-Na, qui vient me rejoindre. Si tu t'inquiètes encore pour Fred, je l'ai vu arriver, tantôt. Il devrait être là dans quelques minutes...

– Euh... non, non, c'est pas Fred.

Li-Na me jette un regard inquiet et rempli de gentillesse auquel je ne peux résister.

– Je n'arrête pas de penser à mon grand-père...

– Il est malade?

– Il se fait opérer aujourd'hui.

– C'est grave?

– Il dit que non. Mais ma mère m'a confié qu'on va lui faire une biopsie durant l'opération pour savoir s'il a un cancer.

– Aïe...

– Je vais le voir demain soir, à l'hôpital.

Une rafale de flocons nous ensevelit complètement.

– Salut, monsieur Dalot!... s'amuse le petit drôle qui vient de freiner comme un fou près de nous en faisant voler une lame de neige.

Nous devons enlever nos casques pour essuyer l'eau qui coule sur nos visages et secouer nos chandails mouillés.

Fred rit de bon cœur.

Li-Na et moi sortons de notre torpeur, heureux de voir notre ami de bonne humeur. Et je me félicite d'avoir aussi bien joué la comédie aux quilles, puisque cela semble encore amuser Fred!

– Mon père m'a appelé, nous confie-t-il, avec un air serein.

Nous comprenons vite que ce dernier va mieux. Brusquement, une autre rafale de neige nous tombe dessus.

– Hé! nous lance Bébite, après avoir freiné à toute épouvante à son tour, ce n'est pas le temps de *mémérer*! Amenez-vous!

Li-Na et moi n'avions pas encore remis nos casques et nous avons le visage complètement trempé. Notre instructeur semble très fier de son coup.

Avant de suivre ce dernier, nous épongeons nos visages ruisselants à l'aide de serviettes que nous allons chercher sur le banc. Li-Na s'adresse à Fred :

– Charl-Ô n'est pas à son meilleur. Son grand-père se fait opérer, aujourd'hui.

– Je comprends, dit Fred, soudain mal à l'aise. Excuse-moi pour le monsieur Dalot de tantôt...

– C'est pas grave du tout !

Encore un peu embarrassé, notre courageux ailier gauche s'élance vers le centre de la patinoire.

– Charl-Ô ? m'interpelle Li-Na.

– Oui ?

– Ça te ferait plaisir que j'aille voir ton grand-père avec toi à l'hôpital, demain soir ?

Le reste de l'entraînement, j'ai lancé six fois sur le gardien lors de nos montées à trois et j'ai compté six fois! Pas une seule passe ne m'a échappé...

Jamais un tel vent d'optimisme n'avait soufflé sur Charles-Olivier Couture- Laviolette!

– Wow, le 66, quel spectacle! Quelle énergie! s'exclame la Queue de cheval en me bousculant légèrement, près du banc, alors que l'équipe s'apprête à quitter la patinoire.

Et cette chère Élise ajoute, toujours haut et fort:

– Je n'aurais jamais pensé avoir autant d'influence sur toi, la Casquette!

Quand Pépé Rey me voit arriver à l'hôpital, avec ma mère, ma sœur et Li-Na les Couettes, il me lance une terrifiante paire d'yeux, qui dit à peu près ceci: «T'es chanceux que je sois attaché à un poteau avec ma bouteille de sérum, toi!»

Bon, je pousse un peu. Jamais mon grand-père ne pourrait penser de la sorte.

Mais je dois admettre que, sur le coup, la vue de ce dernier en jaquette bleue, décoiffé, dans ce décor pas très réconfortant, avec tout cet attirail autour de lui, m'a donné un coup au cœur. J'ai compris pourquoi il désirait que je ne me pointe pas ici. Je ne reconnais pas vraiment Pépé Rey dans ce lit d'hôpital. C'est cela qu'il voulait éviter.

Si j'interprète plus sobrement le message que je décèle dans ses yeux à mon arrivée, ce serait plutôt: «T'es malade ou quoi?... Je t'avais demandé de ne pas venir. Tu avais dit oui. Et là, en plus de ne pas respecter ta parole, tu m'emmènes ton amie...»

Bien entendu, la candeur de Chloé, la gentillesse de Li-Na et la sagesse de Pépé Rey réussissent à faire baisser la pression. En fait, je dois avouer que nous nous amusons bien et que pas une seule fois mon grand-père n'appelle Li-Na Ti-Na... comme dans ses textos. Sur ce point, il me surprend agréablement.

Par contre, il pourrait bien se retenir un peu à d'autres moments...

– Y a pas plus gourmand que Charl-Ô! Il peut manger une tarte aux pommes entière à lui tout seul... avec une montagne de crème glacée, et pas à la vanille, non, non, monsieur n'aime pas ça! Il lui faut de la napolitaine... et il pense rarement à t'en laisser un petit morceau.

– Il a beaucoup d'ambition, notre Charl-Ô. Savais-tu, Li-Na, que son rêve est de devenir premier ministre, pas un grand joueur de hockey?

– Charl-Ô déteste les films d'amour...

– Je pense que Charl-Ô tient davantage à son iPhone qu'à son grand-père...

Bien entendu, ma mère et ma sœur se mettent également de la partie:

– Y a pas plus traîneux que Charles-Olivier Couture-Laviolette, c'est moi qui te le dis!

– L'an dernier, renchérit Chloé, il a même perdu Élisabeth, ma souris blanche, que je lui avais demandé de garder!

Quelques autres secrets de ma vie privée sont ainsi révélés. Bref, on s'amuse beaucoup... à mes dépens.

Heureusement, Li-Na rigole, mais elle ne semble pas accorder trop d'importance à toutes ces révélations. Elle comprend que ma famille aime bien me taquiner, particulièrement Pépé Rey.

Ce dernier, cependant, me fait un cadeau inestimable. Peut-être pour se faire pardonner, mon grand-père termine sa liste de petites perles sur ma vie personnelle avec ceci:

– Tu sais, Li-Na, Charl-Ô fait beaucoup plus vieux que les autres garçons de son âge... et, honnêtement, je dois t'avouer que j'aime discuter avec lui. Il est très mature, pour ses 12 ans...

Je voudrais sauter dans le lit et l'embrasser.

Au moment précis où je pense sauter dans le lit de mon grand-père, un grand homme vêtu d'un sarrau blanc entre dans la chambre. Il se présente comme le médecin qui va prendre le dossier de Pépé Rey en main. Il commence par nous rassurer sur l'opération de la veille, qui s'est bien déroulée.

– Monsieur Couture, j'ai signé votre congé pour demain matin. Je communique avec vous dès que j'ai le résultat des analyses.

Chacun garde le silence après son départ aussi précipité que son entrée. Même Chloé qui, pourtant, ne se tait pas souvent! Puis, Pépé Rey nous oblige à le quitter en nous menaçant, sinon, de nous faire ingurgiter la collation de fin de soirée... Il grimace:

– Du Jell-O!

– Ouache! fait ma sœur, en imitant la moue de Pépé Rey.

– Orange, précise-t-il, avec des p'tits bouts d'ananas effilochés et deux biscuits secs, secs, secs...

– Ouache, ouache, ouache!

– La joie totale! conclut mon grand-père, les yeux au ciel.

– Arrêtez donc, vous deux! ordonne ma mère.

Mon grand-père fait un clin d'œil à Chloé, qui pouffe de rire... Quelle famille de fous!

J'espère que Li-Na ne sera pas trop découragée !

Quelques minutes plus tard, après s'être entendu avec ma mère pour son retour à la maison, Pépé Rey tient à se lever et à venir nous reconduire jusqu'à la porte de l'ascenseur. Il ricane :

– Maintenant que vous m'avez vu dans mes plus beaux atours, je vous accompagne.

Soudain, en voyant Pépé Rey rattaché au poteau roulant, avec sa bouteille de sérum, sa jaquette laissant voir ses jambes maigrichonnes et ses vieilles pantoufles à carreaux multicolores, pour la première fois de ma vie, je comprends sa fragilité et je réalise vraiment son âge avancé.

Dans le corridor, tout près de l'ascenseur, mon grand-père s'adresse à Li-Na :

– Faut que tu me promettes de venir faire un tour chez moi !

– Promis ! J'adore la tarte aux pommes.

Mon grand-père sourit.

– Tu risques plus que moi de voir Charl-Ô t'en laisser un morceau, c'est certain.

Les portes s'ouvrent, puis se referment sur mon grand-père, qui nous fait un petit salut de la main. Tout juste avant qu'il ne disparaisse, il lance :

– Charl-Ô, je serai présent au match décisif des quarts de finale, promis !

Je me sens le cœur gros comme lorsque j'étais tout petit et que mon père partait au loin…

Je ne sais pas si maman, Chloé et Li-Na les Couettes ressentent un sentiment du même genre, mais c'est dans le silence le plus complet que nous regagnons l'automobile.

Sur le chemin du retour, Li-Na en profite pour me confier, discrètement, qu'elle a rencontré Fred le matin et que ce dernier a encore reçu de bonnes nouvelles à propos de son père.

Quelques minutes plus tard, Sarah nous laisse devant chez Li-Na, à ma demande.

– Je vais rentrer à pied, m'man.

– OK ! Bye, Li-Na !

– Au revoir, madame Couture! Et merci de m'avoir emmenée avec vous... Bye, Chloé!

Nous regardons la voiture s'éloigner.

– Je suis contente pour le père de Fred, me dit Li-Na. D'après ce qu'il m'a raconté, si j'ai bien compris, son père aurait pris de mauvais médicaments, ce qui aurait aggravé tous ses problèmes... En tout cas, sa mère a retrouvé le sourire.

– Tant mieux!

– Ton grand-père est vraiment génial.

Après un moment d'étonnement, je hoche la tête.

– C'est vrai! Mais il ne faut quand même pas croire tout ce qu'il dit!

– Oui, je sais. J'ai compris qu'il aime bien te taquiner.

– Ah, ça, oui!

– Il va avoir de bonnes nouvelles, renchérit Li-Na, j'en suis certaine.

Nous n'ajoutons rien et gardons le silence quelques secondes.

117

– Bon, eh bien…, fait Li-Na les Couettes, en me donnant à toute vitesse un bisou sur la joue droite. Bye… premier ministre!

– B-b-bye!… je bredouille, soudainement aussi rigide que la coupe Stanley.

La porte se referme. Je descends les marches en songeant: «Bisou, bisou, bisou… quel beau mot!»

Le premier match de la série est terminé. Quelle partie!

«Pépé Rey?…

«Cinq sur cinq!

«Victoire!

«Wow! Ça commence bien la série. Des buts?

«Moi, non. Mais Fred: un! Une passe de Li-Na et de moi!

«Bravo!

«Toi, des nouvelles?

«Non.

«…

«*Pas de nouvelles, bonnes nouvelles!*

«*Tu vas bien?*

«*Tout est tiguidou!*

Dans le corridor de l'aréna, je sursaute. Je viens de recevoir un bisou sur la joue de Li-Na, qui se sauve en lançant:

– Excuse-moi, je suis pressée! Bye!

«*Charl-Ô, tu es là?*

«*Euh… oui! Je viens de recevoir un… bisou!*

«*De monsieur Boulerice?*

«*Ha, ha, ha!… Je dois te quitter, maman m'attend. Bye!*

«*Bye!*

Je ne juge pas bon de lui préciser que la Queue de cheval a obtenu un tour du chapeau. Mais je dois le reconnaître, Élise a joué un match du tonnerre!

«*Défaite 2 à 0 contre Sainte-Cécile. Ils sont durs à battre!*

«Pas grave! Faut pas lâcher, Charl-Ô!

«Message reçu, cinq sur cinq!

«Bye!

«Toi, comment ça…

Trop tard, Pépé Rey n'est plus là.

«Pépé Rey?

«Cinq sur cinq!

«Deuxième victoire pour les Couguars! 2 à 1! Li-Na, un but! Moi aussi!

«Wow! Quel duo!

«Sainte-Cécile et le beef sur le derrière!

«La série… c'est bien un trois de cinq?

«Oui.

«Je serai là au prochain match, comme promis.

«Pas nécessaire, je préfère que tu prennes soin de toi.

«Je ne manquerais la partie pour rien au monde.

«La victoire est loin d'être certaine.

«Moi, je suis certain! Avant que tu poses la question: non, pas de nouvelles de mon côté. Bye!

«Bye!

Je range mon iPhone.

La dernière phrase de Pépé Rey me laisse penser qu'il est aussi inquiet que nous du temps fou qu'il faut pour obtenir ses rapports d'analyse...

– Ton grand-père a eu ses résultats ? me demande Li-Na, en déposant son sac à côté du mien.

– Non, pas encore.

Bisou.

Bisou.

Oui, oui, oui, oui, oui !... J'ai enfin eu le courage de lui retourner son baiser !

Avant le bisou, j'ai tout de même pris soin de m'assurer qu'il n'y avait pas un chat dans le corridor.

Sans dire un mot, nous rejoignons nos familles en liesse.

Chapitre 8
Un trio dans la tourmente

L e quatrième match de la série s'achève. Il ne reste plus que cinq minutes à la partie. Le pointage est égal 3 à 3.

Notre aréna est bondé. La foule est bruyante. Il y a presque autant de partisans pour les Rangers que pour les Couguars.

Jamais je n'ai été aussi impressionné qu'en sautant sur la patinoire pour ce match : c'est à peine si on s'entendait parler entre joueurs.

Depuis le début de la rencontre, les montées se succèdent sans arrêt. Le rythme est endiablé… et moi, je suis au ralenti ! Je suis inquiet… De retour sur le banc, je ne parviens toujours pas à retracer ma mère, ma sœur et Pépé Rey dans les estrades. Bon, il y a beaucoup de monde, mais d'habitude, Sarah s'assoit toujours au même endroit.

– Charl-Ô ! me crie Li-Na les Couettes en prenant place à mes côtés, essoufflée.

Mon regard quitte aussitôt les estrades.

– Qu'est-ce qui t'a pris de lancer au fond de la zone ? Fred était tout seul sur son aile.

Je réponds sèchement :

– Je ne l'ai pas vu.

Je regrette déjà ce ton brusque.

– Ça n'a vraiment pas l'air d'aller, Charl-Ô…

Derrière moi, la voix de monsieur Boulerice, notre instructeur, se fait entendre :

– Dis donc, Charl-Ô, t'es dans la lune ou quoi ? Ce n'est pas dans tes habitudes de lancer la rondelle un peu partout…

Je me sens tout drôle. Comment expliquer que je m'efforce depuis le début de me concentrer sans y parvenir ?

– Qu'est-ce qui se passe ? insiste Li-Na avec douceur.

– Ma famille n'est pas là… Au début, je me suis dit qu'ils étaient en retard, mais ça m'inquiète vraiment…

– C'est juste que tu ne les as pas vus, voyons ! tente-t-elle de me rassurer en jetant un coup d'œil dans la foule à son tour. Il y a tellement de monde.

– Li-Na ! hurle notre instructeur alors que Jules, le centre du troisième trio, revient au banc sur une seule jambe. UN CENTRE !

Je lance encore un regard vers les estrades. Ah! Heureux, j'aperçois Sarah, debout, tout en haut des marches d'une allée. Je la salue de la main. Elle soulève la sienne un peu. Qu'est-ce qu'elle a?

À voir son sourire forcé, je suis convaincu qu'il se passe quelque chose d'anormal. Où sont donc Pépé Rey et Chloé?

– Fred! Charl-Ô! EMBARQUEZ! VITE!

– Wouf! Wouf!... renchérit notre mascotte, deux bancs derrière nous, la tuque de travers.

Nous sautons sur la patinoire et nous nous précipitons vers notre filet pour aider Li-Na et nos défenseurs, qui en ont par-dessus la tête avec les assauts répétés du meilleur trio des Rangers. Nous sortons enfin la rondelle de notre zone. Ouf! On l'a échappé belle!

Montée, retour, montée... Exténué, notre trio revient au banc.

– Charl-Ô, me lance Li-Na, fière de me la montrer du doigt, ta mère est là! Regarde!

Oui, mais pas Pépé Rey ni ma sœur...

– Vous avez bien travaillé ! C'est pas grave ! Il reste un match, le plus important !

Malgré les encouragements que continue de nous adresser monsieur Boulerice, le vestiaire ressemble à un salon funéraire. Il ne restait que quelques secondes au match quand le meilleur attaquant des Rangers a déjoué, coup sur coup, Martin, notre meilleur défenseur, et notre gardien.

Li-Na est déjà partie se changer dans l'autre vestiaire avec ses deux coéquipières. De mon côté, je pars en coup de vent sans même prendre le temps de saluer Fred…

Mes jambes flageolent. Je tente de me calmer : « C'est peut-être juste un problème avec l'auto ! » J'essaie d'éliminer de ma pensée cette idée d'un cancer possible de Pépé Rey qui m'obsède. « Peut-être aussi qu'il est là, avec Chloé, mais que je ne les ai pas vus… »

À bout de souffle et de nerfs, je pousse la grosse porte battante qui mène au hall d'entrée. Je vois aussitôt ma mère, dans un coin, le visage déconfit, les traits tirés et les yeux rougis à force d'avoir pleuré. Je reçois cette image comme un coup de poing au ventre. Je me dirige vers elle. Je me sens tellement mal.

– Charl-Ô…

À peine Sarah a-t-elle prononcé mon nom qu'elle éclate en sanglots. Je tremble de partout. Mon cœur joue aux montagnes russes dans ma poitrine. Je bredouille :

– C'est Pépé Rey ?…

De la tête, ma mère fait signe que non. Elle me serre dans ses bras.

Je m'affole :

– Chloé ?

– Viens, réussit à dire Sarah, qui m'entraîne avec elle vers la sortie. Il va falloir que tu sois courageux, mon garçon.

Je la suis comme un zombie.

Et… SCHLACK !

Jamais je n'oublierai ce terrible moment. Ma mère m'a appris la mort de mon père, dans un accident, alors qu'il se dirigeait vers l'aéroport.

Moi, sur le siège de la voiture, j'étais là, immobile, le cœur serré, incapable de dire un mot, alors que j'aurais voulu hurler. Je me sentais coincé dans mon corps comme dans une prison dont les quatre murs se rapprocheraient sans cesse, au point de m'étouffer…

À mes côtés, ma mère ne cessait de répéter, entre ses sanglots :

– C'est ma faute !

Ce n'est que dans la soirée, par Pépé Rey, que j'ai appris que maman avait convaincu mon père de venir au Québec deux semaines plus tôt, d'abord pour être certain de me voir jouer durant les séries, et ensuite pour prendre des vacances dans Charlevoix avec moi durant la semaine de relâche, sans me faire perdre une semaine d'école.

Patrice avait finalement accepté la demande de Sarah.

Depuis l'annonce de la mort de mon père, j'ai tenté de ne pas trop montrer ma peine. J'ai aidé Pépé Rey le plus que je pouvais à consoler maman, et surtout Chloé. J'ai joué avec elle à plein de jeux, depuis notre arrivée à la maison. Je ne suis pas certain que ma petite sœur, qui vient de s'endormir, comprend vraiment ce qui se passe.

À vrai dire, moi non plus. J'ai le sentiment que tout cela n'est qu'un mauvais rêve.

Ce soir, mon grand-père couche à la maison. Encore assis sur mon lit, il hésite à me quitter pour aller dormir.

– Tu sais, Charl-Ô, j'aurais préféré apprendre que j'ai le cancer plutôt que cette nouvelle épouvantable.

– Dis pas ça, Pépé Rey ! Tu sais à quel point je t'aime, toi aussi.

Pour la première fois de la journée, je vois des larmes couler sur ses joues. C'est qu'il est fort, mon grand-père... Tout à coup, ses paroles me reviennent en tête : « J'aurais préféré apprendre que j'ai le cancer… »

– Pépé ?…

– Oui ?

– Tu as eu des nouvelles ?

Grand-père fait signe que oui de la tête, avec un sourire qui m'arrache le cœur. Je me jette dans ses bras, j'éclate en sanglots et je me fais la promesse d'être aussi fort et bon que lui pour le reste de ma vie.

« Salut, Charl-Ô !

« Salut !

« Monsieur Boulerice nous a appris la mort de ton père… Je sais pas quoi te dire…

« Moi non plus…

« Fred aimerait te voir… moi aussi.

Me rappelant ma promesse d'être aussi fort et bon que Pépé Rey, j'ai finalement décidé d'accepter la gentille invitation de mes amis. Voilà pourquoi je me retrouve, deux jours plus tard, au comptoir du casse-croûte de la salle de quilles en leur compagnie.

FFFLLLLIPPP!... FFFLLLLIPPP!... FFFLLLLIPPP!

En arrivant, les deux m'ont dit bonjour et, depuis, aucun de nous ne parvient à briser ce silence épouvantable... qui semble ébranler même le serveur, qui nous jette un coup d'œil de temps à autre, avec des yeux de crapaud sortis de leur orbite.

FFFLLLLIPPP!... FFFLLLLIPPP!... FFFLLLLIPPP!

«Ça va nous coûter cher de jus, si ça continue...» je songe, de plus en plus malheureux sur mon tabouret.

– Mon père est électricien, lance soudain Fred, que je sens désireux de briser ce silence embarrassant. Le tien, il faisait quoi?

– Ingénieur.

– Li-Na me disait qu'il était souvent à l'étranger?

– Tout le temps... ou presque. On communiquait par Skype.

– Pas facile...

– Non.

– Euh... aimerais-tu nous parler de... de ton père ? demande Li-Na, la voix un peu tremblotante.

Je bois une longue gorgée.

– Peut-être que tu préfères ne pas...

Et là, je me surprends moi-même ! Comme lorsque je ne peux résister à me faufiler à toute vitesse dans une ouverture laissée béante entre deux défenseurs, je plonge dans mon passé, emporté par un tourbillon de souvenirs. Les plus beaux, seulement, et la grande majorité avant le divorce de mes parents. Je raconte...

les coups pendables de mon rigolo de père dans notre piscine hors terre, avec ses bombes et ses plongeons, puis en Floride, dans la mer, avec ses folles imitations de requins, et durant les fêtes de Noël, quand il se déguisait en fée des étoiles, en lutin ou même en mère Noël ;

nos six buts comptés ensemble lors d'une partie parents-enfants quand je jouais atome;

nos parties de hockey sur la patinoire de notre cour et nos combats interminables de balles de neige, le soir, lui et moi, accroupis dans notre fort, nous défendant contre nos voisins…

Je parle, je parle, je parle sans arrêt. Je ne sais pas ce qui m'arrive. Impossible de me taire!

Je parviens à éviter tous les instants difficiles qui remontent eux aussi à mon esprit, surtout ceux rattachés à la rupture de mes parents et à l'adaptation ardue aux départs à l'étranger de Patrice.

Quelques instants plus tard, essoufflé et étonné par cette brusque exubérance de ma part, je m'arrête d'un coup. Deux paires d'yeux continuent de me regarder. Mes amis me sourient. Je crois que je les ai surpris par ce flot continu de paroles. Je suis gêné. Mais aussi soulagé, il me semble.

– Ouais! s'exclame Li-Na. C'était quelqu'un, ton père!

– Le mien aussi était vraiment chouette…
avant sa maladie, renchérit Fred.

–Tu vas le retrouver bientôt comme avant!
affirme Li-Na.

FFFLLLLIPPP!… FFFLLLLIPPP!… FFFLLLLIPPP!

– Charl-Ô, pour Skype, reprend Fred, le regard
perdu dans son verre de jus, je te comprends de
détester ça: c'est comme ça que je communique
avec mon père depuis qu'il est dans sa clinique.

FFFLLLLIPPP!… FFFLLLLIPPP!

– Ah oui, Charl-Ô…, déclare Li-Na, en tournant
ses couettes vers moi, monsieur Boulerice et toute
l'équipe te transmettent leurs condoléances.

– Gringo aussi! ajoute Fred.

– Idiot! ricane aussitôt Li-Na.

– Il m'a même dit qu'il avait hâte de te revoir,
Charl-Ô…

FFFLLLLIPPP!

– Le hockey, c'est terminé pour moi, cette
année.

Les regards de Li-Na et de Fred se croisent.
Ils baissent la tête.

FFFFLLLLIIIIIIPPPPP!...

Fred commande d'autres jus. Après un long moment de silence, Li-Na déclare :

– Ton grand-père m'a confié que ton père venait du Brésil pour te voir jouer. C'est vrai, Charl-Ô ?

– Oui.

– Crois-tu qu'une victoire lui aurait fait plaisir ?

– Oui.

– Alors, ne nous laisse pas tomber ! On va se battre avec toi pour ton père !

– Et même si on perd, il va être fier de toi, déclare Fred, le plus sérieusement du monde.

– Et de nous ! renchérit Li-Na les Couettes.

– Et de Gringo ! conclut Fred.

«Impossible ! » je songe.

– Si tu reviens, Charl-Ô, insiste Li-Na, Élise nous a dit de t'assurer qu'elle ne t'engueulerait pas, même si tu comptais dans notre propre but...

Cette fois, impossible de ne pas sourire. Li-Na et Fred esquissent un sourire à leur tour. Dans leur regard, je décèle une étincelle qui me fait croire qu'ils sont prêts à tout pour que je joue de nouveau.

Sincèrement, je ne sais pas ce que je vais faire.

Mais ce matin, dans cette salle de quilles, je suis certain d'une chose : je pourrai toujours compter sur l'appui de deux bons amis, quoi qu'il advienne.

«Toi, tu en penses quoi ?

«À toi de répondre, Charl-Ô !

«Je ne peux pas jouer au hockey : papa est mort...

«Je sais... Difficile décision. J'ai une idée !

«Quoi ?

«Pourquoi ne pas le lui demander ?

«À qui ?

«À Patrice !

«T'es pas drôle !

«Je suis très sérieux... Y a plus de Skype entre toi et lui.

«Je te changerais pas... même pour tout l'or du monde!

«Même pour une douzaine de tartes aux pommes, avec une montagne de napolitaine?

«Ah, là... j'hésite... Bonne nuit, Pépé Rey!

«Bonne nuit, Charl-Ô... et salue tu-sais-qui de ma part!

«Tiguidou!

«Charl-Ô... je te changerais pas non plus pour tout l'or du monde! Bye!

«Bye!

Je ferme mon appareil, j'éteins la lumière de ma lampe de chevet et je me glisse sous les couvertures.

«Papa?... Toi, tu en penses quoi?»

Propulsé par une joie immense, je me lève d'un coup dans mon lit et je crie:

– Yeah!

Les lumières de l'aréna disparaissent aussitôt. Tout est noir autour de moi.

Je réalise soudain que je suis dans mon lit, au beau milieu de la nuit. Je suis ébranlé.

Je viens de rêver que j'avais compté le but gagnant du cinquième et dernier match contre les Rangers et que, en passant devant le banc des Couguars, j'avais crié «Yeah!» en réponse à un spectateur, debout derrière monsieur Boulerice, qui riait aux éclats et applaudissait à tout rompre... Ce spectateur, C'ÉTAIT MON PÈRE! On dirait bien que j'ai ma réponse...